殿下とは契約結婚のはずですがっ!

～婚約破棄は熱愛の始まり～

マチバリ

Vanilla文庫

殿下とは契約結婚のはずですがっ！

婚約破棄は熱愛の始まり

目次

イラスト／Ｃｉｅｌ

第一章　契約結婚のお誘い

冬の長いオラリオ王国にとって、春至祭《しゅんじ》はもっとも盛大なお祭りの日だ。

咲き誇った花々を鑑賞するという名目で、平民から貴族までもがその日を祝い、各所では朝から晩まで宴が繰り広げられている。

特に農業を主産業とする貴族においては、毎年の豊穣《ほうじょう》を祈る儀式の日でもあった。

どんな小さな家門も、王城で開かれるパーティに参加して、祝杯を挙げるのが慣例となっていた。

そんなパーティ真っ最中の真っ白な大理石が敷き詰められた大広間には、たくさんの貴族たちが集まっている。

誰も彼もが華やかな装いをして、酒や食事に舌鼓をうち、和やかな歓談を楽しんでいた。

ただ一人、バリエ男爵家の令嬢ルシールを除いては。

（こんなことしている場合じゃないのに）

この国では少し珍しい鮮やかな青い瞳で会場の中をじっくりと観察しながら、ルシールはワイングラスを持つ手に力を込めた。

知的ではあるが平凡な顔立ちに人よりも小さな口元。会場の美しい令嬢立ちと並ぶと、どうしても一段落ちてしまうのは否めない。

十八歳を迎えたばかりのルシールは、女性のほとんどが十代の半ばで結婚する貴族社会では、行き遅れに片足を突っ込んでいる年齢だ。

父譲りの艶《つや》やかな赤毛は少しだけ癖があり下ろしていると無造作になりがちだが、今日は朝からメイドたちが気合いを入れて整えた甲斐《かい》があり美しくまとまってくれている。

髪色に合わせた緋色《ひいろ》のドレスはシンプルなデザインであったが、祖母の形見であるサファイアのネックレスのおかげで華やかな仕上がりになっていると思う。

だが、そんな淑女として完璧な装いに反し、ルシールの心には雨雲がかかっている。

会場にいる同じ年頃の令嬢の隣には大抵パートナーがおり、その誰もが彼女たちを守るかのごとく身を寄せていた。

その仲睦《むつ》まじい光景にほんの少しだけ胸が痛むのは、ルシールがつい先日婚約を破棄したばかりだからだ。

(やはりお父様に来てもらうべきだったかしら……ううん、やっぱりだめ。信用できない)

本来ならば今日は父であるエドワードにエスコートをしてもらうはずだった。

だが、ルシールはエドワードを屋敷に閉じ込め、一人で参加している。

それはある切実な事情からだ。

（また騙《だま》されでもしたら、目も当てられないわ）

昨年のパーティで、エドワードはうまい儲《もう》け話があると持ちかけてきた詐欺師に騙されてお金を失った。

前の年も、前の前の年もだ。

そのうえ、つい半月前にも、いずれ必ず高騰するという助言を信じ、明らかに素人が描いた絵画を買ってきたのだ。

エドワードは根っからのお人好《ひとよ》しで人を疑うことを知らない。

そのせいで、これまで何度も騙されている。

金額は少額ばかりだったが、塵《ちり》も積もれば山となる。

（お母様も頼りにならないし。このままじゃ我が家はいつか破産してしまうわ）

母のセリナも、父同様に素直な性格で、相談事を持ち込まれると、すぐに手持ちのお金を渡して支援をしてしまう悪い癖があった。

大金ではないとはいえ、簡単に人にくれてやっていい額でもない。

とはいえ、二人とも悪人ではないのだ。

生来の育ちの良さが災いして、人を疑うことを知らず、他人に施すことこそが最大の善行だと思い込んでしまっているだけで。

幼い頃はなんて素晴らしい両親なのだと盲信していたルシールだったが、ある事件をきっかけに両親の危うさに気がついてしまった。

海に近く平地の少ない領地を管理するバリエ男爵家は、その地形を活《い》かした柑橘類《かんきつるい》の栽培を主な収入源にしている。

だが数年前に大きな干ばつにみまわれ、長年育てていた果樹が枯れてしまい、税収は右肩下がり。

だというのに、両親はかつてと変わらずにお金を使ってしまう。

宴の席で知り合った新進気鋭の音楽家が、苦難にもめげず自分の公演を開くための資金を集めているというわかりやすい美談に心を打たれ、両親は投資をした。

だがその美談は真っ赤な嘘《うそ》で、両親は投資したお金をまるごと持ち逃げされてしまったのだ。

最悪なことに、そのお金は、干ばつにあえぐ領民たちへの支援金として用意されていたものだった。

失ったお金は、祖先の遺産を売却することで補うことになった。

ルシールは、大切な遺産を手放すことを悔やむ執事長の姿を偶然見て、バリエ家の危機を知ったのだった。

（このままではいけないわ）

放置していれば、バリエ家は間違いなく没落してしまう。

こうなったら両親に代わって、自分がお金をやりくりするしかない、と。

ルシールは堅実な性格だった亡き祖父に似たこともあって、若いながらに領地の運営や家計の管理の才能があった。

むしろ社交の場でお喋《しゃべ》りによる駆け引きをするよりも、実務に打ち込める日々は楽しくてたまらず、どんどんのめり込んでいった。

面倒見の良い性格のおかげか、領民との関係も良好。

有能な娘に両親は甘えきっており、今ではすっかり頼りきりだ。

もしルシールが他家に嫁入りすれば、バリエ家はあっというまに破綻してしまうだろう。

ようやく新しい苗木が実を付け始め収穫量が戻ってきたが、まだ安心とも言えない。

（せめてジスランが成人して財産を管理できるようになるまでは、家を離れられない）

弟のジスランは八歳と幼く、貴族としての勉強をはじめたばかりだ。

実務など到底まだ任せられない。

両親に似て素直すぎるところはあるが、ルシールが厳しく育てたこともあり、かなり真面目な性格に育ってくれた。家を傾けることはないだろう。

最低でも五年。許されるなら十年は家に残って家族を支えたいというのが、ルシールの目下の目標だった。

(クラークには悪いことをしたわ)

思い出されるのは元婚約者であるクラークの顔だ。

男爵家の嫡男である彼とは、デビュタント直後に親族から紹介されたことをきっかけに婚約をしていた。

クラークの領地も農業が主な産業ということもあり、話が合ったのだ。

彼は派手さのない凡庸な見た目の青年ではあったが、誠実で穏やかな人柄という伴侶としては十分過ぎる相手で、ルシールは不満のひとつもなかった。

情熱的な恋や愛ではじまった関係ではなかったが、間違いなくお互いを尊重する夫婦になれる、はずだった。

だがルシールは、自分の両親がとんでもなくお金にずさんで騙されやすい人間であることに気づいてしまった。

適齢期のうちに嫁入りするなど到底できない。

クラークは落ち着くまで待つと言ってくれたが、彼の両親はそれを是としなかった。

彼らにとってはクラークは大切な跡取りだ。夫より実家を選ぶような娘を受け入れることはできなかったのだろう。

実家を取るか、自分の結婚を取るか。

迷いに迷ったルシールは、実家を選んだ。

クラークもかなり粘ってくれたが、孫の顔が早く見たいという両親からの訴えには勝てなかった。

婚約破棄が決まったとき、クラークは、できれば君と結婚したかった、と震える声で告げてきた。

その時感じた胸の痛みは今でも忘れられない。

自分が婚約者であったせいでクラークの時間を奪ってしまったことを、ルシールは何度も詫《わ》びた。

どうか幸せになってほしいと告げることしかできず、申し訳なかった。

クラークは既に新しい婚約者を見つけたと聞いている。

探せばこの会場のどこかにいるかもしれないと考えると、心が重くなった。

だがすぐに、今はそれどころではないと背筋を伸ばす。

(とにかく、入り婿になってくださるような方を探さなければ)

ルシールはジスランが成人するまで結婚しないつもりだったが、その原因である両親は娘が未婚のままでいることをよく思っていない。

貴族の娘はよい家に嫁ぐことこそが一番の幸せだと思い込んでいるのだ。

そのくせ、散財をやめる気配はなく、貯《た》めてあった持参金はどんどん目減りしていく。

二重規範ぶりにルシールは腹を立てたが、説得しても無駄だとわかっているので、本心を打ち明けることはなかった。

だから、まだ家にいたいし、ジスランを世話していたいと、持ちかけられる嫁入り話を断り続けているのが現状だ。

しかし、それもそろそろ限界に近い。

こうなったら、自分に都合のよい条件の婿を探すしかないとルシールは考えていた。

継ぐ家を持たぬ次男以下で、ジスランが成人した暁には一緒に家を出てくれるような自立した男性、というのがルシールが結婚相手に求める条件だ。

何人かの知り合いに相談してはみたが、婿入りしても家を継げないというのはかなりの悪条件らしく、そんな都合のいい男性はいないという回答しか得られていない。

(とにかく一時的にでも私の夫になってくれる人がいれば面目もたつのだけれど)

まったくの未婚と、一度は結婚した経験のある女性では周囲の扱いはかなり違ってくる。

ほんのひととき、仮初めでもいいから、結婚相手になってくれる男性はいないものかと会場内を再び見回してみるが、春至祭に参加するのは、大体が家門の家長か将来家を継ぐ予定になっている若夫婦ばかり。

恋の相手を探す場所ではないこともあり、ルシールが壁の花になっていても声をかけてくるものはいない。

本当は春至祭になど参加せず、もっと有益なことに時間を使いたいとすら思っているのだが、儀式も兼ねているとあっては欠席するわけにもいかない。

ルシールはただひたすら閉会の合図を待っていた。

立っているだけですることもないので、暇に任せてぐるりと会場の中を見回す。

（……ん？）

その視線がまるで吸い寄せられるように留まった。

（あれって……）

参加者たちはグループに分かれて歓談しており、会場にはいくつかの人だかりができている。

その中でも、ひときわ大きな集まりの中心にいる人物に、目を奪われた。

周囲の男性よりも頭ひとつほど高い長身のせいで、その顔がルシールの位置からでもはっきりと見えたのだ。

シャンデリアの光に照らされて輝く金色の髪。春の草原を思わせる緑色の瞳。目元は涼やかで、すっと通った鼻梁《びりょう》と肉付きの薄い唇が共に絶妙なバランスで、形のよい顔に配置されている。

人の美醜に疎いルシールでさえ息を止めて見蕩れてしまうほどの美しさだ。

柔らかな笑みを口元に浮かべ、ゆっくりと頷《うなず》く仕草からは高貴な血統を感じさせる。

彼の周りだけ別世界のような煌《きら》びやかさだった。

「テオドール様は今日も素敵ですわね」

「ほんとうに」

すぐ近くにいた女性たちの声に、ルシールは我に返る。

彼女たちは羨望の眼差《まなざ》しを男性の方へ向けていた。

（ああ、彼があの公爵閣下ね）

テオドール・ラクロワ。現国王マルセルの弟で、位は公爵。

国王とは腹違いということもあり顔立ちは似ていないが、兄弟仲はとてもよいという話を耳にしたことがあった。

文武に優れ、人当たりもよいというテオドールは二十三歳と結婚適齢期だがいまだに独身で、集まりに参加をする度にたくさんの女性たちから熱い視線を向けられている存在だ。

「ああ、一度でいいからあの腕に抱かれてみたいわ」

「テオドール様はみんなのものなのだから無理よ」

「そうよ、あの方は女性限定の博愛主義者なのだから」

うっとりとした女性たちの声に、ルシールは思わず目を細める。

（博愛主義ね……ただの女好きじゃない）

特定の恋人は作らず、誘われればどんな女性とでも逢瀬《おうせ》を重ねる男としてもテオドール

は有名だった。

女性の名誉を穢《けが》すような遊びはしないとされているが、堅実を主義とするルシールから見れば、テオドールのような不真面目な行為は十分ふしだらで軽蔑すべきものだ。

(少なくとも、あんな男性は嫌だわ)

仮初めの結婚相手であっても、素朴で真面目な人がいい。

決してあんな軟派な男は選ばない。

そんな決意を秘めながらも、ルシールはテオドールから目が離せないでいた。

「……!」

不意に、テオドールがこちらを向いた。

話す言葉すら聞こえぬほどに離れているというのに、テオドールの緑の瞳がまっすぐこちらに注がれているような錯覚に襲われる。

心の中を見透かすような強い視線に心臓が大きく高鳴った。

「きゃあ!　テオドール様がこっちを見たわ!」

「ほんとね!　あなた、せっかくだから話しかけていらっしゃいよ」

女性たちのはしゃぐ声に、テオドールが見ていたのは自分ではないのだと察し慌てて顔を背ける。

酷《ひど》く恥ずかしい勘違いをしてしまったと手のひらで顔を仰ぎながら、詰めていた息を吐き出した。

あんな美しい人が自分に興味を持つはずなどない。

そう結論づけたものの、まっすぐにテオドールを見てしまった衝撃でどうにも落ち着かない気持ちだった。

「……風にあたりましょう」

気持ちを切り替えようと、手に持っていたワイングラスをテーブルに置くとバルコニーへと足を向けた。

柔らかな午後の日差しに照らされた広いバルコニーは庭園と繋《つな》がっているせいか、花の匂いが漂っている。

ほんのりと冷たい風が、会場の熱気で火照った肌に心地よく、ルシールは大きく深呼吸をする。

ずっしりと重たくなっていた気持ちが少しだけ軽くなったような気がして、肩の力が抜けていく。

手入れが行き届いた王城の庭園は、それだけでひとつの芸術品のような光景だ。

これを見られただけでも、パーティに参加した意義があったのかもしれない。

もう少し近くで見ようとルシールが足を進めようとしたとき、視界の端で何かが動いた気配を感じた。

誰かいるのだろうかと目を向ければ、一組の男女が身を寄せ合っているのが目に入る。

こんなところでまで逢瀬か、とルシールは眉間に皺《しわ》を寄せかけるが、よく見るとどうも様子がおかしい。

男性は口ひげに白いものが交ざっており、ルシールの父よりも年上のようだ。対して、女性はまだ若く可憐《かれん》な令嬢。

どう見ても夫婦や恋人同士には見えない。女性の腕を摑《つか》む男性の顔は赤らんでおり、やけに距離が近い。親子にしてもおかしな構図だ。

なんだか放っておけず、ルシールは二人の方へゆっくりと歩みを進めた。

するとようやく彼らが交わす会話が耳に入ってくる。

「いいじゃないか。少し一緒に酒を飲むだけだ」

「困ります。私には連れが……」

どうやら酒に酔った男性が女性に絡んでいる最中らしかった。

(最低ね)

かっと頭に血が上るのを感じたルシールは、歩幅を広げ勢いよく彼らの方へ駆け寄ろうとする。

だが、それよりも早くルシールの前を横切るように人影が現れた。

「えっ?」

思わず驚きで声が出る。

なぜならばその人物は、先ほど会場で見たテオドールだったからだ。

テオドールは機敏な動きで二人のそばまで近寄ると、さっと令嬢の肩を抱いて男性から引き離す。

「貴様、何を……！」

横やりを入れられたことに男性が眉を吊《つ》り上げかけるが、相手が王弟であるテオドールだとすぐに気がついたのだろう。

女性に向けていた強引さが嘘のようにあからさまに狼狽《うろた》えている。

「殿下……ちがうのです……」

「私は臣籍降下した身だ。その呼び方はふさわしくない」

「これは失礼しました、公爵閣下」

へこへこと頭を下げる男の姿に、苛立ちが募る。

女性には強引な態度を取るくせに、相手が王族とわかった途端にへりくだるなんて。

「謝るべき相手が違うのではないかなトルギア子爵」

「は……」

「こちらにいる令嬢はずいぶんと不快な思いをされたようだ。酒に酔うのは自由だが、分別のある態度を忘れるほど溺れるのは感心しない」

トルギア子爵と呼ばれた男性の顔色がざっと青ざめる。

どうやらテオドールはこの男性がどこの誰かであることを、既に把握しているらしい。

はくはくと魚のように口を開閉させていた男性は、視線を左右にさまよわせたあと、令嬢に向かって静かに頭を下げた。

「大変、失礼した……」

どうにもスッキリしない口調ではあったが、間違いなく謝罪を口にしたことに令嬢は驚きを隠せない様子だ。

当然だろう。年上の男性から謝罪を受けるなど、普通はありえないことだ。

どう反応すべきなのかわからず、困り果てたように眉を下げている。

「ご令嬢。私からも謝罪させていただきたい。わざわざ春至祭に参加してくれたにもかかわらず、嫌な思いをさせてすまなかったね」

「と、とんでもないことです」

「お詫びに部下にご家族の元まで送らせよう。どうか残りの時間を楽しんでくれたまえ」

テオドールが片手を上げると、どこに控えていたのか騎士服を着た青年が現れ令嬢に手を差し出した。

おずおずとその手を取った令嬢は、何度もテオドールに頭を下げながらその場から離れていく。

残されたのはテオドールと、顔色のわるい男性。

ルシールは今更出て行くわけにもいかず、少し離れたところでその光景を静観していた。

「さて子爵殿。陛下が主催を務める春至祭の場で、娘ほどに年の離れた女性に迫るとはどういう心づもりか教えていただこうか」

「公爵閣下、違うのです。あの娘が、先に声をかけてきて……」

「たとえそうだったとしても、紳士としてあのような振る舞いはすべきではない。もしこの件で彼女や家門に対し何らかの圧力をかけるような行動を取った場合は、私から陛下に今回のことを伝えさせてもらうから覚悟するように」

「……！　決して、決してそのようなことはいたしません！」

「ならばいい。水でも飲んで、少し頭を冷やしてから会場に戻ることをおすすめするよ」

「はい！」

テオドールの言葉に男性はがむしゃらに頷くと、その場から転がるように離れていった。

間抜けな後ろ姿に少しだけ溜飲《りゅういん》を下げながら、ルシールはテオドールに視線を戻した。

バルコニーに立つテオドールは、まっすぐに背筋を伸ばし会場の方を見つめていた。先ほどの子爵の動きをまだ確認しているらしい。

会場で見かけたときには人に囲まれていたため、顔しか見えなかったが、今は遮るものがいないため、その姿をはっきりと捉えられた。

長い手足をした男性らしいしっかりとした体軀《たいく》を包む深い紺色の正装は、金糸で上品な刺繡《ししゅう》が入れられておりとても上品な装いだ。

庭園を背景にしていることもあり、ひとつの芸術品にも見える。

(噂《うわさ》に聞くよりも、真面目な方なのかも)

令嬢を助けた仕草はスマートで、男性を糾弾する口調からも真摯な性格が見て取れた。

女性関係が派手なのは事実かもしれないが、それ以外は悪くないのかもしれないと見直してしまう。

勝手に嫌悪感を募らせてしまっていた自分の視野の狭さに、ルシールは少しだけ打ちのめされたような気持ちになった。

どんな相手でも実際に人となりを知るべきなのだと静かに自省していると、再び会場の方から誰かがテオドールの方へ近寄ってくるのが見えた。

まさか先ほどの男が仕返しに来たのではないかと、ルシールは身構える。

もしものときはお助けしなければと息を止めて見守っていれば、やってきたのは予想に反して上品そうな男女の集団だった。

「テオドール様。探しましたぞ」

「急に姿を消すから驚きました」

親しげな言葉遣いに、どうやら知り合いらしいと気がつきほっと肩の力を抜く。

もう離れても大丈夫だろう。

会場に戻るために踵《きびす》を返したルシールだったが、再び聞こえてきた言葉に思わず足を止めてしまう。

「殿下。先日の件、考えてくださいましたか」

「くどい。私は王家に戻るつもりなどないと言ったはずだ。その呼び方はふさわしくない」

「いえいえ。この先、王家を支えるのはテオドール殿下を除いて他にはおりません。どうか、我らにその協力をさせてください」

聞こえてくる言葉の端々にはいやらしい媚《こ》びが含まれており、聞いているだけで身の毛がよだつ気分だった。

殿下、とわざとらしく何度も強調しているのがいやでもわかる。

(何なの？　ラクロワ公爵は臣籍に下られたはずなのに)

なんだか嫌な予感がして、ルシールは会場に戻るのをやめて再びテオドールたちの方へ意識を向けた。

「王家を支えるのは兄上たちだ。私ではない」

「そうおっしゃらず。どうかお話だけでも」

「貴様たちは、兄上の治政に不満でもあるというのか」

はっきりと怒りを孕《はら》んだテオドールの言葉に、貴族たちの顔色が変わるのが見えた。

「いえ、そのようなことは決して……ただ、国王陛下にはまだお子様がいらっしゃらないではありませんか」

（なんてことを……！）

ルシールは彼らが言わんとすることを察して、拳を握りしめた。

十年前、前国王が病で急逝したことにより、当時まだ王太子だったマルセルがこの国の新たな王となった。

若くして王座に就いたマルセルは様々な軋轢《あつれき》で苦しんだというが、その聡明《そうめい》で堅実な人柄のおかげか忠臣に恵まれ、あわよくば彼を傀儡《かいらい》にしようとする議会を掌握し、安定した治政を執り行ってくれている。

それを支える王妃オレリアもまた、慈愛溢《あふ》れる国母として国民から慕われていた。

彼らは幼い頃からの婚約者同士で、即位と同時に婚姻し、お互いを支えとして今日まで王座を守ってきた夫婦だ。

誰からも愛され、尊敬されるべき存在。

しかし、彼らには未《いま》だに子がいない。

王家を継ぐ存在がいないことは確かに懸念事項ではあった。

愛妻家として有名な国王は、側室を迎える気配もない。

（彼らはテオドール様をいずれは王にしたいと思っているのね）

子が生まれぬままにマルセルに何かあれば、次の国王はテオドールで間違いない。

あと数年しても跡継ぎに恵まれなかった場合も同様だ。

だが、マルセルはまだ三十歳。

オレリアに至ってはまだ二十六歳と子どもを諦めるような年齢ではない。

貴族たちのあさましい考えに、頭に血が上るのを感じた。

テオドールも同様に怒りを感じているのが伝わってくる。

表情こそ変わらないものの、まとう空気は明らかに氷点下だ。

その立ち姿が癇癪《かんしゃく》を起こす寸前の弟ジスランに重なって見えて、ルシールはたまらず駆け出していた。

「テオドール様。こんなところにいらしたのですね」

「！」

その場にいた全員が突然現れたルシールに驚きの表情を向ける。

当然だろう。明らかに場違いな若い娘が現れたのだ。

ルシールは睨《にら》み付けてくる貴族たちの視線を無視して、テオドールの腕にそっと己の手を置く。

わずかに震えた腕から動揺が伝わってくるが、振り払われることはなかった。

そのことに内心ほっとしながら、ルシールは言葉を続ける。

「探しましたよ。私とお話をしてくださる約束だったのに、酷いですわ」

「……ああ、そうだったね」

テオドールを包む空気がふわりと和らぐ。

わずかに下がった眦《まなじり》に、彼がルシールの意図を理解してくれたことが伝わる。

「すまないが彼女との約束があるんだ。これで失礼するよ」

ルシールの手を優しく取ったテオドールは、その場でぽかんと立ち尽くす貴族たちに背を向けた。

「お待ちください……！」

諦めの悪い誰かの声が聞こえたが、テオドールは足を止める気配はない。

ルシールもそれに倣い、まるで恋人のようにテオドールの身体に寄り添って歩みを進めたのだった。

怪しまれぬように、そのまま庭園へと下り、周囲をバラに囲まれたガゼボまで来た。

誰もいないのを確認してから、ルシールはさっとテオドールからその身を離し頭を下げた。

「大変失礼いたしました」

咄嗟《とっさ》のこととはいえ、突然声をかけてあまつさえ身体に触れてしまったことは不敬以外の何者でもない。

今更になって自分のしたことに冷や汗を掻《か》いていれば、頭上から小さな笑い声が聞こえてきた。

おそるおそる顔を上げれば、口元に手を当てていて肩を揺らしているテオドールの姿が目に入る。

「ふふ……気にしなくていい。おかげで助かったよ」

ふわりと微笑《ほほえ》む顔はやはり息を呑《の》むほどに美しい。

（これは、女性たちが夢中になるはずだわ）

「まさかこの年になって、あのような形で女性に助け出されるとは思わなかった。貴重な経験をさせてもらった」

「本当に差し出がましいことを」

「いいや。君が声をかけてくれなかったら、声を荒げていたかもしれないからね。せっかくの春至祭を台無しにするところだった。助かったよ」

ルシールの行いを一切、咎《とが》めるつもりがないらしい口調に、ようやく身体の力が抜ける。

思わずよろめいた身体をテオドールの腕がすぐさま支えてくれた。

たくましい腕の感触にかっと身体が熱を持ってしまう。

「す、すみません」

「驚かせてしまったね。少し座ろうか」

「はい」

誘われてガゼボに備え付けられた椅子へと腰掛ける。

てっきり向かい合わせで座ると思っていたのに、なぜかテオドールはぴったりとルシールの横に陣取っており、油断したら肩や腕が触れあってしまいそうだ。

落ち着かないとわずかに腰をずらしてみるが、すぐにテオドールが同じだけ距離を詰めてくる。

「あの……」

「なんだい？」

にこにこと無邪気に微笑むテオドールからはなんの下心も感じない。

（遊び慣れた男性というのは、これが普通なのかもしれないわね）

テオドールは数々の女性に応えて愛を囁《ささや》く男性だという噂だ。

ルシールのこともそういう女だと思っているのかもしれない。

「ラクロワ公爵閣下。距離が近いです。少し離れていただけますか」

「ん？　ああ、そうだね。失礼した。つい、嬉《うれ》しくて」

勇気を出して指摘すれば、テオドールは一瞬意外そうに目を丸くしたあと、軽く咳払《せきばら》いをしながら身体を離してくれた。

といっても、拳ひとつが拳二つ分になったくらいの距離ではあったが。

(嬉しくて……？　よほどあの場にいたくなかったのね)

テオドールが国王夫妻を心から慕っているのは有名だ。

早々に臣籍に下り公爵を名乗るようになったのも、彼らに二心なしと示すためだったと耳に挟んだことがある。

先ほどの貴族たちはそんなテオドールの意志を踏みにじったのだ。怒りを感じて当然だろう。

「ご挨拶が遅れました。はじめまして。私は、ルシールと申します」

「バリエ男爵家のご息女だね。今日は父上の名代で参加しているのかな？」

「私を……ご存じだったのですか」

まさか名前を知られているとは思わず、ルシールは目を見開く。

バリエ家は貴族の中でも知名度が低く、大した力もない存在だ。

公爵であるテオドールの記憶に残るような功績もなかったはずなのに。

もしや父親の騙され癖などが出回っているのではと、ルシールは血の気を引かせる。

「……国内の貴族を把握しておくのは当然のことだよ」

「ああ。そうでしたか！　すごいですね」

なるほど、とルシールは表情を明るくさせた。

高位貴族ともなれば、貴族の家名と名前を覚えるのは当然なのかもしれない。

感心しながら頷けば、テオドールがなぜか居心地悪そうに咳払いをした。照れているのだろうかと首を傾《かし》げれば、緑色の瞳がルシールに向けられる。

「改めて礼を言わせてくれ。ありがとう、ルシール」

まさか名前で呼ばれるとは思っていなかったため、驚きで顔に熱が上る。

心地のいいテノールで紡がれると、聞き慣れた自分の名前が特別なものに思えてくるから不思議だ。

「そんな……もったいないお言葉でございます」

「何かお礼をしたいのだが、希望はあるかい？」

「滅相もない！　私は、臣下として当然のことをしたまでですわ」

慌てて両手を振れば、テオドールの眉が悲しげに垂れ下がる。

「臣下だなんて。先ほども言ったが、私はただの公爵だ。君より位が高いのは認めるが、従えるような関係ではないはずだよ？」

「それは、そうなのですが……」

立場上は同じ貴族でも、テオドールが王弟であることには変わりはない。

しがない男爵家の娘でしかないルシールからすれば、主君にも等しい存在だ。

「何かをしてほしくてお助けしたわけではありません。気になさらないでください」

あの場で助け船を出したのは、貴族たちへの怒りが半分と、テオドールに弟を重ねた姉心半分だ。

辛く悲しい思いをしてほしくない一心で身体が動いていた。

冷静になって振り返れば、年上の男性相手になんて失礼な態度を取ってしまったのだろうと反省しているくらいだ。

「君は無欲なんだね。普通のご令嬢なら、嬉々《きき》として私にお願いをしてくるのに」

それはどんなお願いなのかしら、と軽く目を細めれば、テオドールが慌てて両手をあげてみせる。

「冗談だよ？」

焦りを帯びたその仕草は、噂に聞いていたテオドールの人物像とはかけ離れて見えた。

先ほど、男性に絡まれている女性を助けた手腕といい、やはり噂は当てにならないのかもしれない。

「……なら、私の質問に答えていただけますか？」

「いいとも。何が聞きたいんだい」

「ラクロワ公爵閣下は女性限定の博愛主義者とお噂ですが、本当ですか？」

テオドールが目を丸くして動きを止めた。

まさかそんなことを聞かれるとは夢にも思っていなかったらしい。

「その質問ははじめてだ」

「不躾《ぶしつけ》な質問ですみません。なんというか興味本位で……」

「はは。君は本当に面白いね。いいよ、答えてあげる」

肩を揺らしながらテオドールはゆったりと足を組んだ。

顎に手を当て、うーんと言葉を選ぶ横顔は一枚の絵になりそうなほどに美しい。

「私が女性のお願いを断らないのは事実だよ。世の女性は私の見た目を好んでくれる人が多くてね。心の慰めにそばにいてほしいと頼まれることが多いんだ。誓って、兄に申し訳が立たないような不名誉な付き合い方はしていないがね」

「なるほど……では、噂は本当だということですね」

「手厳しいね。まあ、嘘ではないとしておいてくれよ」

そう言って笑うテオドールの表情に、一瞬だけ影が射《さ》した気がして、ルシールは動きを止める。

「……本当は、したくないんですか？」

「え？」

「なんだか、お辛そうで」

長い睫《まつげ》に彩られた瞼《まぶた》をテオドールは何度も瞬かせる。

信じられないものを見たとばかりの表情を一心に向けられ、ルシールは余計なことを言ってしまったのだろうかと慌てて口元を押さえた。

「す、すみません。生意気なことを」

「いや……いいんだ……そうか……うん、やはり……」

「？」

顔を伏せたテオドールが何かを口の中でもごもごと呟《つぶや》いたが、はっきりとは聞き取れなかった。

（どうしましょう。怒らせてしまったかしら）

おろおろとルシールが手をさまよわせていると、テオドールが勢いよく顔を上げる。

「君は本当に面白いね。そこまで見抜かれたのもはじめてだよ」

「えっと」

「そうだね。私はあえて女性好きな男を演じている」

「演じてって……」

「先ほど君も見ただろう？　兄上に子どもがいないことをいいことに、隙あらば私に近づいてくる輩《やから》は昔から多くてね。自分の娘をあてがって、子どもを作れとあからさまに言ってくる連中もいるんだ」

「……なんて酷い」

立場を忘れ、率直な感想を口にすれば、テオドールが美しい顔を切なげに歪《ゆが》めた。

「権力を欲する人間はどこにでもいるからね。兄上が僕を引き取ったときは、庶子など捨て置けと言っていた連中まで手のひらを返したようにすり寄ってくる始末さ」

乾いた笑いを零《こぼ》しながら肩をすくめるテオドールに、ルシールは息を呑む。

（庶子……そうだわ。公爵閣下のお母様は、前国王陛下の公妾だったのよね）

早くに王妃を無くした前国王は、何人かの公妾を抱えていたらしい。

彼女たちは未亡人だったり、子どもを望めない年齢の男性に嫁いだ後妻だったりと立場は様々だったが、とても美しい女性ばかりだったという。

新たな妃として迎えなかったのは、王妃への愛故か権力争いを避けるためだったのか、ルシールにはわからない。

彼女たちは城では暮らさず、王の求めに応えて登城するばかりだったという。

そんな公妾の一人が産んだのが、テオドールだ。

テオドールは前国王が逝去するまでは母親の元にいたが、マルセルの即位に合わせて王家に引き取られ、今に至っていると記憶している。

「私は本来ならば王族としての立場を得られる人間ではなかった。あくまでも公妾の子どもだからね。王の子どもという明確な証《あかし》はなかった。だが、兄上はそんな私に家族を与えてくれた素晴らしい人なんだ」

（……ん？）

つらつらと語られる言葉にルシールは一瞬だけ引っかかりを感じたが、それが何なのかとっさに理解できなかった。

「何より、私は運良く王族になれただけの庶子の生まれだ。王位など一切望んでいない。だからこそ、早々に臣籍降下を申し出て、公爵の位を授かったのさ」

テオドールが公爵位を賜ったのは、今から二年ほど前だ。

デビュタントのために王都に滞在していた時だったので、当時の騒ぎをよく覚えている。まだ若い王弟が、自ら臣籍に下ることを選んだという話は社交界を賑《にぎ》わせていた。

「だが権力を求める連中は諦めが悪くてね。彼らに諦めてもらうには、王座にふさわしくないような問題児を演じようかと」

茶目《ちゃめ》っ気《け》たっぷりに片目をつぶってみせるテオドールの仕草に、ルシールは思わず笑ってしまう。

女性をはべらせて過ごす王など、確かにもってのほかだろう。

「それでたくさんの女性たちとお過ごしだったんですね」

「ああ。女好きを気取っていれば、結婚という制度から遠ざかれるかと思ってね」

「え？」

「……愛する人以外と結婚しても、幸せになんてなれないだろう？」

先ほどのまでの表情を一変させ、痛みをこらえるように唇を引き結びながら伏せられた顔に心臓がどきりと高鳴る。

「何か、お辛い経験が？」

ルシールは誰かを好きになったことはない。だが、友人の経験や物語の中では、愛の喪失は耐えがたい苦しみだと語られていた。二度と、同じ思いをしたくないからと恋愛から自分を遠ざけてしまう人もいるのだとか。

テオドールもそんな痛みを抱えているのだろうか。

心配になって思わず手を伸ばしかければ、顔を伏せていたテオドールが勢いよく背筋を伸ばす。

「……と、こう語っておけば大抵の女性は優しくしくれるんだ」

「まぁ！　騙したんですか！」

「ふふ。結婚に興味がないわけではないが、周りにはあわよくば自分の娘をと考える連中ばかりで辟易《へきえき》しているのは事実だ。そろそろ独り寝が辛くなってきたが、軽々しい気持ちで女性に手を出すわけにもいかない憐《あわ》れな立場なんだよ」

冗談めいた口調で語りながら悪戯《いたずら》っぽく笑うテオドールに、心配して損をしたとルシールは頰《ほお》を膨らませる。

「とにかく。私は周囲に諦めてもらうために必死で軽薄な男を演じているのさ」

身を削るような茨《いばら》道を歩くテオドールの姿は少し切ない。

彼がその選択をするまでどんな葛藤をしたのかなど、想像もできない。

むしろ人にはそれぞれ事情があるものだと、不思議なほどにテオドールに同情してしまっていた。

「こんなことまで話したのは君がはじめてだよ」

「私もまさかそこまでお話しいただけるとは思っていませんでした」

些細《ささい》な疑問がこんな大きな苦悩に辿《たど》り着《つ》いてしまうとは、予想ができるはずがない。

こんな打ち明け話をされて、一体どんな顔をすればいいのかわからないと、ルシールは頭を抱えたくなる。

それに対してテオドールは、やけにすっきりとした顔でうーんと大きく背伸びをした。

「ああ。なんだか気持ちが軽くなったよ。人に話を聞いてもらうというのは、こんなにもすがすがしい気持ちになるものなんだね。普段は聞き役ばかりだから、知らなかったよ」

「それはようございました」

「でもこれじゃあお礼にならないな。もしよければ今度は私が君の話を聞こうか？」

「私の話、ですか？」

「ああ。ここで話したことはお互いに他言無用、ということで」

悪戯を思い付いた少年のように笑いながら、テオドールは人差し指を自分の唇に押し当て、おどけてみせる。

その仕草に毒気を抜かれてしまったルシールは、少し考えてから、それならば、とバリエ家が抱える問題について打ち明けることにしたのだった。


全てを話し終えたルシールは晴れやかな気持ちだった。

これまで一人悶々《もんもん》と悩んでいた思いをただ聞いてもらうというのがこんなにも心地いいだなんて知らなかったのだ。

「ああ、すっきりしました。聞いてくださりありがとうございます」

「いや……想像していた以上に苦労しているんだね」

口元を手で覆いながら、テオドールは衝撃を受けたように言った。

「そうか……婚約を破棄していたのか」

「相手には申し訳ないことをしました」

「……その男性を愛していたの？」

「いいえ！　信頼はしていましたが、恋愛感情はありませんでした。私自身、恋愛とかそういうものには興味がないというか疎くて……」

物語の中や同世代の友人たちから聞くような運命的で情熱的な恋物語は、どこか遠いものにしか思えない。

「おそらく、そういう才能がないいんです」

「なるほど……」

なぜかテオドールは感慨深げに頷いている。

よほどルシールの話が面白かったのだろう。

「ご両親のことは難しいね。お金を使うのが美徳という考えの貴族は少なくないから」

「ええ。せめてジスランにはこの苦労を味わってほしくなくて……」

ジスランが立派に成長してしまえば、ルシールは両親を連れて田舎に引きこもってもいいとさえ思っている。

だからせめてあと五年。

ルシールが誰に指さされることなくバリエ家に残れる理由が欲しい。

「だが君自身の幸せはどうするんだい」

「私の、ですか？」

「そうだよ。君はまだ若いんだ。どうしてそんなに自分を犠牲にするんだい」

どこか怒ったような顔をしているテオドールに驚きつつ、ルシールは苦笑いを浮かべる。

こんな風にルシール自身を案じてくれる言葉をかけてもらったのは久しぶりだった。

「ふふ……そうですね。神様との約束だからでしょうか」

「神様との約束？」

眉間に深い皺をつくり、テオドールが首を引く。

当然の反応だろう。突然神様など口にする女を警戒しないほうがどうかしている。

「実は、私の母がジスランを産むとき大変な難産だったんです」

当時のことを思い出しながら、ルシールは懐かしむように目を細めた。

「身体の弱かった母は、二人目は望めないかもしれないと医者に言われていました。ですが、弟を授かった。どうしても産みたいと、わざわざ隣国まで行ったんです」

子どもを産むために里帰りする女性は珍しくないが、隣国にまで行って子どもを産んだのはセリナくらいのものだろう。

隣国はオラリオ王国とは違い、近代的な医学が発展した国だ。

産婆ではなく、出産に秀でた医師が子どもを取り上げるという仕組みが完成されている。

セリナの出産には万全体制が必要だというエドワードの判断のもと、当時まだ八歳だったルシールは、身重の母と共に隣国に一時的に移り住むことになった。

国境にほど近い小さな町は医療の町として有名で、セリナの他にもオラリオからたくさんの人々が療養のために訪れていた。

そのおかげで異国にもかかわらずオラリオの公用語が使える人間が多く、言葉で不自由することはなかった。

一日のほとんどをベッドで寝て過ごす母のそばにいるのが退屈で、ルシールはよく抜け出して外を駆け回って遊んでいたものだ。

友だちも何人かできて、とても充実した日々だったと思う。

「母は予定していたより随分早く産気づきました。苦しむ母が心配で、私は部屋の隅でずっと泣いていました。医者が看護師に母親か赤ん坊か、どちらかは助けられないかもしれないと口にしているのを聞いてしまったんです」

幼いルシールにとって、母は世界の全てにも等しい。

そして生まれてくる、まだ見ぬ兄弟も、心待ちにしていた愛《いと》しい存在だ。

「だから私は教会で神様に祈りました。生まれてくる赤ちゃんがちゃんと大きくなるまで、私はどんな我儘《わがまま》も言わないと。家族のためにがんばるから、どうか母と赤ちゃんを助けてほしい、って」

その願いが通じたのか、奇跡的にもセリナは無事に出産を終えた。赤ん坊も命を取り留めた。それがジスランだ。

「……それで、君は家族のために自分を犠牲に？」

「馬鹿みたいだと思うでしょう？　でも、私はあのとき、神様に約束したんです。だから、それを守らなきゃってどこかで思い込んでいるんだと思います。この十年間、ずっとそうしてきました」

もしあのとき、セリナとジスランを失っていたら。

残されたエドワードは絶望に沈んでいただろうし、ルシールだって立ち直れていたかわからない。

その絶望を思えば、家族のために自分が努力するなど容易《たやす》いことだった。

「……君は」

テオドールは何か言いかけるも、すぐに諦めたように軽く首を振った。

きっとルシールの覚悟を慮《おもんぱか》ってくれたのだろう。

「ふふ」

「なんだい、急に笑って」

「面白くて」

さっきまで春至祭に来たことを後悔していたのに、まさか公爵であるテオドールと打ち明け話をすることになるなんて思ってもいなかった。

思い返せば、クラークにもこの話はしたことがなかったというのに。本当に不思議な巡り合わせだ。

「おかげで私もずいぶんと気持ちが軽くなりました」

「それはよかった。と言いたいところだが、なんだか素直には喜べないね」

「どうしてですか?」

「君が、しなくてもいい苦労を背負っているように思えるからだよルシール」

やけに真剣な顔で見つめられ、ルシールは咄嗟に返事ができなかった。

これまでの日々は大変ではあったが、それが自分の運命だと受け入れていたこともあり苦労だとは思わないようにしていたから。

「そんなこと、ないですよ。私が選んでやっている、だけです」

なんとか絞り出せた声は震えていた。

「だとしても結婚すら諦めるなんて馬鹿げている。しかも君の口ぶりだと離婚前提のような雰囲気だね」

「ええ。さすがに爵位を継ぐこともできない家に婿入りしてくれるような人はいません。ならば離婚前提で結婚してくれる人を探そうと思って。とはいえ、私に差し出せるのは、この身体ぐらいですが……」

テオドールの表情がどんどん険しくなるものだから、ルシールの言葉も尻すぼみになっていく。

自分でも酷い考えだとは思っていたが、この反応を見る限りかなり最低なのだろう。

（やっぱり無理があるのかしら）

だが他にどうすればいいのだろうか。

行き遅れのレッテルを貼られたまま家に残る道も残っているが、両親がそれで納得するとも思えない。

さっきまでの晴れやかな気持ちがどんどん沈んでいき、頭が垂れてしまう。

すると、テオドールが慌てたような声を上げた。

「すまない。君を追い詰めるつもりじゃないんだ」

「いえ……なんだか現実が見えた気がします」

「ルシール……」

「無茶な考えだとはわかっているんです。せめて我が家に多少の力があれば、爵位を継げなくても婿入りしてくる人を探せたかもしれませんが……後ろ盾も権力もないうえに、私のような行き遅れ相手では魅力もないでしょうし、難しいだろうな」

「そんなことはない。君はとても素晴らしい女性だよ」

被《かぶ》せるように慰めの言葉を口にしてくれるテオドールの優しさに、ルシールは微笑む。

「ありがとうございます。そう言っていただけるだけで十分ですわ」

「違う、俺は……くそ……だったら」

（俺？）

何かを訴えようとするテオドールの口調がわずかに乱れる。

こんなにも真剣に考えてくれるなんてと感動しつつ、一体何がテオドールをここまで駆り立てるのかがわからない。

（いつもこうやって真摯に話を聞いてさしあげるのかしら。憧れられるはずね）

人気の理由に納得していると、テオドールが椅子から勢いよく立ち上がる。

「そうだ！」

突然大声を上げたテオドールは、ルシールの前へと回るとなんとその場に片膝を突いて視線を合わせてきた。

「ルシール。どうか私と結婚してくれないだろうか」

「……ええっ⁉」

あまりに唐突な提案にルシールは裏返った声を上げる。

「何を、急に……」

「ルシール、君は先ほどバリエ家には権力も後ろ盾もないと言ったね？」

「え、ええ」

「もし私が君と結婚したなら、周りはどう思うだろうか」

「……！」

テオドールが言わんとすることを察したルシールは、目を見開く。

バリエ家は悲しきかな権力とは無縁の弱小貴族だ。ルシールは逆立ちしても王妃になれるような立場ではない。

ただの貴族ならば身分差の恋愛結婚も珍しくはないが、王族の結婚は様々な権力の思惑が入り交じるものだ。

もし勝手に身分差のある結婚すれば、それは王位に興味がないと宣言するのも同然と言えよう。

「ずっと考えていたんだ。私の立場を理解し、野心を持たずに、妻という立場に収まってくれる女性はいないかと。最近周りもうるさいし、いい加減に身を固めなければとは思っていたんだ」

「それで私と結婚ですか？　でも、さすがに公爵閣下を我が家に婿入りさせるなんて無茶ですよ」

ありえないと首を振れば、テオドールが苦笑いを浮かべる。

「さすがに私もラクロワ家を一代で潰すわけにはいかない。だから君には我が家に嫁入りしてもらう」

「でも、それでは我が家はどうなるんですか？　それに公爵家に嫁ぐための持参金など到底用意できません」

「私が望んで妻に迎えるんだ。持参金など不要。君の家に関しては我がラクロワ家から支援を行うことを約束する。財産管理や領地運営ができる人材も派遣しよう」

「そんな……！」

破格すぎる提案に、ルシールは言葉を失う。

喜びと驚きがない交ぜになって、理解が追いつかない。

「君の弟が成人して跡を継いだ暁《あかつき》には私が後見人になろう。今後の教育についても手助けできるはずだ」

「本当ですか……⁉」

公爵が後見人ともなれば、多少のことではバリエ家の立場は揺らがないだろう。

これほど頼もしい言葉はない。

だが、なぜテオドールが自分を選ぶのか。先ほど、素晴らしい女性だと告げられた言葉が思い出され、頬が熱を持つ。

（公爵様が、私を……？）

混乱で視界がぐるぐると回り、心臓が早鐘のように脈打った。

「もちろんだ。君の人生を預けてもらうのだから当然の対価だよ。これはお互いのためになる契約結婚だ」

契約結婚。

その言葉に、これが愛や恋から生まれる関係でないことを突きつけられ、動揺していた感情が一気に凪《な》いでいく。

（何を勘違いしているの。冷静になりなさいルシール）

ほんの少しだけ寂しさが心に押し寄せるが、もともとルシールだって自分に都合の良い相手を探していたのだ。

提案された内容は、考えていた青地図とはあまりにかけ離れていたが、これ以上を望めないほどに好条件なのは間違いない。

だが。

「もし本当に陛下に世継ぎが生まれなかったときはどうするのですか」

この契約結婚における一番の懸念事項はそこだ。

ルシールとて国王夫妻に子どもができなかったときのことなど考えたくはない。

だが、それと王家の存続は別の話だ。正当な後継者がいなければ国は乱れてしまう。

そのとき、白羽の矢が立つのは間違いなくテオドールだろう。庶子とはいえ、間違いなく半分は王家の血が流れているのだから。

「実は、もしあと五年のうちに子どもができなければ、ジェペリ辺境伯の息子を養子に迎え入れる話ができているんだ」

辺境を治めるジェペリ家の勇猛な当主は、先代国王の弟君だ。養子に迎え、王位を継がせるには十分な血筋だろう。

「庶子の俺よりも、幼い頃から貴族として正しい教育を受けている辺境伯の息子のほうが、王にはふさわしい。早くに表沙汰になれば、騒ぎになる可能性があるから当事者以外には伏せられているがね」

王家の秘密を聞かされたルシールは神妙な顔をして頷く。

これが外に漏れれば大変な騒ぎになるだろうから。

「……では、私は五年の間、あなたの妻になればいいということですね？」

五年後。両陛下に子どもが生まれていればよし。

もし子どもができていなくても、ジュペリ辺境伯の息子が養子に迎えられれば、テオドールは晴れて自由の身だ。

そうなるまでの間、ルシールはテオドールの盾として妻を演じればいい。

「最低でも五年は結婚生活を維持してもらう必要がある」

静かに頷くテオドールの表情は真剣だ。

冗談や、酔狂から出た提案ではない。

（でも、本当にいいの？　この方を信じて大丈夫なのかしら）

まだ出会ってほんの数時間しか経《た》っていない。

お互いに知らないことが多すぎて、契約とはいえ夫婦となる相手をこんなに簡単に決めてしまってよいのだろうか。

返事ができないまま固まってしまったルシールに、テオドールが手を差し出してきた。

こちらを見つめる表情は真剣で、酔狂や冗談を言っているようには到底思えない。

「ルシール・バリエ。どうか私の妻になってほしい。かならず君を幸せにすると誓う」

本当に求婚されていると錯覚してしまうほどに、テオドールの声も表情も何もかもが輝いていた。

頭の中を駆け巡っていたあらゆる計算や打算がするりと溶けていく。

この人を信じてみたい。なぜだかそう思えてしまった。

ゆっくりと持ち上げた己の手を、ルシールはテオドールの手に重ねる。

「どうぞ、よろしくおねがいします」

はっきりと告げた了承の返事に、緑の瞳が宝石のように煌めいた。

「ああ」

まるで恋が叶《かな》った少年のように微笑むテオドールに眩《まぶ》しさを覚えながら、ルシールも笑みを浮かべたのだった。

第二章　想定外の結婚生活

「よく来てくれたね。まさかこんなに早く訪ねてくるとは思わなかった」

「私もまさかあんなに早く手紙が来るとは思いませんでした。しかも偽名まで使って」

ほんの少しだけ恨めしさを滲《にじ》ませた言葉を告げれば、テオドールが小さく肩を揺らした。

「公爵家の名前で手紙を出したら騒ぎになるだろうからね。結婚の許しを得るにしても、まずは君と詳しい打ち合わせをしておくべきと思ったのさ」

眩しいほどに整った笑みを向けられ、ルシールはうっと言葉を詰まらせる。

申し込まれたときの勢いでうっかり了承してしまったが、帰宅して冷静になった途端「あれはきっとタチの悪い冗談だったのだろう」と思い至った。

何が悲しくて王弟である公爵閣下がしがない男爵家の令嬢を妻に迎えるのか、と。王位に興味が無いことを示すためとはいえ、あまりにも荒唐無稽だ。きっとテオドールも今頃提案を後悔しているはずだから早く寝て忘れようと考えた。

だが、予想に反して今朝早くに一通の手紙が届いた。

差出人は聞いたことのない家名かつ女性名だったので最初は誰かと思ったが、封蝋《ふうろう》がテオドールの瞳と同じ緑色だったことから、すぐに手紙の主を察せられた。

今後の流れについてしっかり相談しておきたいという実務的な内容に、あの求婚は夢ではなかったのだと思い知らされてしまった。

パーティで知り合った友人とお茶をしてくると両親には言い訳し、ルシールは最低限の身支度を調え、テオドールのタウンハウスにやってきたのだった。

王都のほぼ中心部に位置しているというのに、まるで別荘地のような広い庭園に囲まれた白壁の邸宅はさながら美術館のようだ。

磨き上げられたアイアンの柵で囲まれたバルコニーが大きくせり出しつつも、威圧感のない、美しい外観が印象的で見蕩れてしまう。

職人が手をかけて作り上げたことがわかる、豪華な様式に気後れしながらも、ルシールは出迎えにきたテオドールによって中へと招かれた。

室内も白と青を基調としたインテリアでまとめられており、上品で華美すぎない優しい空間を作り上げている。

執事をはじめとする使用人たちは、皆穏やかな態度で接してくれ、ルシールを歓迎してくれているようだった。

てっきり、たかが男爵家令嬢が、と冷ややかな目線を向けられるかと思っていたのに。

案内されたのは応接間でなく、テオドールの書斎だった。

壁一面の本棚とそこに並べられた大量の本に驚きながら、ルシールは促されるままに部屋の中央に置かれた一人かけのソファへと腰を下ろす。

向かいの席に座ったテオドールは、何が楽しいのか先ほどからずっとニコニコしている。

パーティでの華やかな装いとは違い、テオドールは落ち着いた色味のジャケットとシャツにトラウザーズというくつろいだ服装だというのに、やはり腹立たしいほどに美しい。

（やはりドレスを着てくるべきだったかしら）

急いでいたこともあり、今日のルシールは若草色のワンピース姿だった。髪の毛だって時間をかけられなかったので、癖毛が目立たないのようにきっちりまとめただけ。

せめてもう少し華やかな服装をしてくれればよかったと考えていれば、目の前のテオドールがふっと笑った気配が伝わってくる。

「そんなに緊張しないで」

「誰のせいですか」

いろいろと言ってやりたいことがあったのに、うまく喋れる気がしない。

「まあまあ。これから長い付き合いになるんだ、気楽にしてくれ」

軽々しく言ってくれるものだ、と目を細めルシールは気持ちを切り替えるように小さく咳払いをした。

「……もう一度だけ確認させてください。公爵閣下は本当に私と結婚するおつもりなんですよね」

「テオドール、と」

「は？」

「夫となる相手を、閣下などと呼ぶものではないよルシール。早く呼び慣れておかないと、あとが大変だ」

「……テオドール様」

「なんだい、ルシール」

嬉しそうに微笑むテオドールの態度から察するに、結婚するというのは事実らしい。

心のどこかであれは冗談だったと言ってもらえるのではないかと期待していたルシールだったが、ここまできた以上は覚悟を決めるべきだと背筋を伸ばした。

「まずは何から決めますか？　私たちの出会いは昨日のパーティということでよいとは思うのですが」

おや、とテオドールの表情が変わる。

「話が早いね。そうだね出会いはその設定でいこうか」

背もたれにゆったりともたれかかっていた体勢から、ルシールに倣うように背筋をきちんと伸ばしてくれる。

その仕草に、彼がルシールを対等の人間として扱おうとしてくれていることが伝わってきて、胸がじわりとあたたかくなった。

本来ならば公爵という地位を利用して、一方的に契約内容を決めても構わないはずなのにこうやって話し合いで決めようとしてくれていることからしても、テオドールは真摯で真面目な人物なのだろう。

（信じてもいいと思った私の直感は間違ってなかったのかも）

ルシールが静かに気持ちに折り合いを付けていると、テオドールが懐から一枚の紙を取り出した。

「ここにある程度の条件は書き出しておいた。何か不足があれば書き加えてほしい」

「拝見します」

几帳面《きちょうめん》な文字で書かれたその内容は、契約結婚を持ちかけられたときに提案された内容が丁寧にまとめられていた。

周囲に疑われないためにも相思相愛を演じること。婚姻期間中の浮気は禁止。

対価として、テオドールはバリエ家に人材を派遣し、ジスランの後見人になる。

ルシールはジスランの妻として公爵家に関わり、場合によっては社交界にも顔を出す。

概《おおむ》ね同意できる内容だったが、最後の一文にルシールは目を留める。

「婚姻生活の期間は要相談、とありますが」

あの場の話では五年の間という話ではなかっただろうか。

ややこしい立場になるのは避けたいと思いながら顔を上げれば、テオドールは感情の読めない笑みを浮かべてこちらを見ていた。

「私たちは運命的な恋に落ちて結婚するんだよ？　継承問題が片付いたからといって、すぐに離縁したらあらぬ疑いをかけられる可能性がある」

「なるほど」

運命的な恋というフレーズに引っかかりを感じなくもなかったが、テオドールの言葉には一理あった。

「他には問題ないかな？」

「はい」

「ではサインを」

差し出されたペンを受け取る瞬間、テオドールとルシールの指先がわずかに触れあう。

硬くてざらりとした厚い皮膚の感触に、心臓が大きく跳ねた。

名前を書く瞬間、本当にいいのだろうかとわずかな迷いが生じたが、ルシールは思いきってペン先を紙に走らせたのだった。

完成した契約書を満足げに見つめながら、テオドールは大きく頷く。

「それでは契約完了だ。よろしくねルシール」

「こちらこそ、よろしくおねがいいたしますテオドール様」

　人生を売り渡したにしては晴れやかな気分だった。

　もうお金のことで思い悩まなくてもいいという開放感からだろうか。

　少し疲れたと背もたれに背中を預けていれば、契約書を懐にしまったテオドールがおもむろに立ち上がり近づいてきた。

「……？」

　テオドールはソファの肘掛けに両手をついて、まるでルシールをその場に閉じ込めるようにして見下ろしてくる。

　すぐそばで感じる上品な香水の香りに。くらりと目眩《めまい》がしそうになった。

「あの、何を……」

「今この瞬間から、私たちは恋に落ちた男女を演じることになった」

「そう、ですね」

「せっかくだから少し練習をしよう」

「は⁉」

　何がせっかくなのかとルシールが目を白黒させていれば、テオドールが茶目っ気たっぷりにウィンクをしてみせた。

「君は真面目だから、急になんて無理だろう？　大丈夫、俺に任せて」

（また俺って……！）

ルシールが反論の言葉を探し当てるより先に、テオドールの身体がのしかかってくる。目を閉じる間もなく頬に他人の体温を感じ、瞬《まばた》きの音が聞こえそうなほど近くに緑の瞳が見えた。

「んっ……！」

唇に押し当てられた柔らかな感触に、テオドールからキスを与えられたことに気がつく。薄い皮膚を馴染《なじ》ませるようにじっくりと重なる唇。

わずかに離れたとおもったら、すぐにまた角度を変えて奪われる。

「……んっ……ぅ」

最初は触れあうだけだったのに、テオドールの口元が悪戯に動いて唇を啄《ついば》んでくるものだから、情けない声が鼻からこぼれてしまった。

何度も繰り返されたキスの終わりに、濡《ぬ》れた舌先でぺろりと唇の輪郭を舐《な》められ、ルシールはとうとう悲鳴を上げながら立ち上がる。

「きゅ、急に何をするんですか！」

テオドールは慌てた様子もなく素直にルシールから身体を離し、楽しくてたまらないとでも言いたげな笑みを浮かべていた。

「何って、親愛のキスだよ？」

「しっ、親愛って……あれで⁉」

心臓が痛いほどに速く脈打っている。

顔も焼けるように熱く、この場から逃げ出したい気分だった。

「そうだよ君は初心《うぶ》そうだからね。恋人のキスも試してみるかい？」

自分の唇を指先でなぞってみせるテオドールの仕草から感じる艶やかさに、ルシールは背中の毛が逆立つような錯覚を感じた。

「私たちは、契約で夫婦になるんですよ⁉　そんな、淫らな……」

「夫婦になるってことは、当然そういうことも含まれると思うんだけど」

「なっ……！」

まさかの言葉にルシールは目を見開く。

確かに正式に夫婦として認められるには初夜を共に過ごす必要はある。

だが、いずれは離婚する関係なのだから、適当に誤魔化《ごまか》して白い結婚のままでいいだろうと考えていたのに。

「契約書には浮気をしてはならないとある。俺は娼館に行かない主義なんだ。つまり俺が抱けるのは妻である君だけということになる」

「……‼」

「白い結婚にするなんて契約書にはどこにも書いてなかっただろう？　せっかく夫婦にな

るんだ。楽しまなきゃ損じゃないか」

卑怯者《ひきょうもの》！　と叫びそうになるのをルシールはぐっとこらえる。

契約書の内容を確認してサインしたのは自分自身だ。

「俺とそういうことをするのは嫌かい？　君は結婚相手に自分を差し出すつもりだったんだろう？　だったら、俺が触れてもいいはずだ」

さっきまで強引だったくせに、問いかけてくるテオドールの声にはどこ不安が滲んでいるように感じられた。

ルシールを見つめる表情には切なさが滲んでおり、叱られる前のジスランを思い出してしまう。

「ええと……」

ルシールはテオドールと男女の関係になる想像を少しだけしてみる。

先ほどのキスよりも先のこと。

考えるだけで身体が熱を持ち、叫びたい気持ちになる。だが、予想していたような嫌悪感はちっとも湧かなかった。

「……嫌、ではありません」

「そうか！」

テオドールの声があからさまに弾んで、ルシールは思わず苦笑いしてしまった。

（男性は女性と違ってそういうことを我慢できないと聞いたことがあるし、夫婦なのだから拒むのは酷い話よね）

むしろ契約結婚だというのに、浮気をしないと誓ってくれる誠実さは好感が持てる。

「でも、私はそういった……色ごとの経験はまったくないので、お手柔らかに頼みます」

「もちろんだ。初夜では君を誰よりも幸せな女性にしてあげると誓うよ」

「しょっ……！」

耳まで痛くなるほどに顔が熱を持ったのがわかる。

なんて直接的な言葉を使うのかと眦を吊り上げれば、テオドールが肩を揺らして笑った。

「俺の妻は本当に可愛らしい人のようだ」

「テオドール様って本当は意地悪な方なんですね。人前とは大違い」

恨みがましい気持ちで睨み付ければ、テオドールが微笑みながら再び近づいてきた。

またキスをされるかもと後退《あとずさ》ろうとしたが、それよりも先にたくましい両手によって引き寄せられ、柔らかく抱きしめられてしまう。

「愛する妻の前でまで取り繕う必要はないからね」

「愛って……」

「契約とはいえ俺たちは夫婦になるんだ、仲良くしようルシール。それに君に誓った言葉に嘘はないよ。かならず幸せにしてみせる」

背中に回された手に力がこもった。

どこまでもルシールを労《いたわ》るような優しさに満ちた抱擁に、心臓が締め付けられる。

「……優しく、してくださいね」

なんとか絞り出した声は情けなく震えていた。

テオドールが返事の代わりにか、こめかみに唇を押し当ててくる。

火傷《やけど》しそうな熱さにくらくらとしながら、ルシールはまだ見ぬ結婚生活に思いを馳《は》せたのだった。

契約書を交わしてから一週間後。

テオドールはバリエ家のタウンハウスに結婚の許しを得るための挨拶にやってきていた。

王城のパーティでルシールと恋に落ちたので是非とも妻に迎えたい、という設定のもとに。

当然、ルシールの両親は大慌て。

公爵、それも王弟であるテオドールがなぜルシールをと事態を呑み込めないでいる。

（それもそうよね）

テオドールからの説得に、表情を七色に変化させている両親の動揺っぷりに深く同情するしかない。

何せルシールだっていまだにこの現実を全て受け止められてはいないのだ。

今日の挨拶に至るまでの出来事を思い返しながら、ルシールはこっそりと嘆息する。

「公爵閣下が、そんなにもルシールを気に入ってくださるなんて。光栄ですわ」

「まったくだ！　なんと喜ばしい」

ルシールが浸っている間に、テオドールはすっかり両親からの信用を勝ち得ていたようだ。

博愛主義者として社交界で人気を集めていたことを考えれば、騙されやすい両親を言いくるめることなど容易いのだろう。

その手腕が頼もしいような憎らしいような複雑な気持ちになりながら、笑顔をつくる。

「お父様。テオドール様はジスランの後見人になってくださるとまで言ってくださっているんですよ」

「なんと！　本当ですか？」

「ルシールの弟ならば私の弟も同然です。どうか、彼を育てる手伝いをさせてください」

「まあ……！　テオドール様はなんてお優しいのかしら」

「私の知人に優秀な人物がいましてね。彼をジスランの家庭教師として派遣したいと考えているのですが、どうでしょう」

「またとないご提案です。我が家としては異論ありません！」

快諾する両親の態度にルシールは心の中でやったと両手をあげた。

騙されやすく情にもろい両親ではあったが、貴族としてのプライドがないわけではない。娘の婚家から無条件に支援を受けるとなれば、難色を示す可能性もあった。

(お父様たちは我が家の状況を正確に把握していないものね)

今、バリエ家が貴族としての生活を保てているのはルシールが努力しているからだ。ルシールが家を離れてしまえば、あっというまに傾いてしまうだろう。でもそれを指摘すれば反発される可能性もある。

そこでテオドールが考えたのが、ジスランの家庭教師として優秀な人物を派遣する、という手段だ。

共に生活する中で両親の信頼さえ勝ち得てしまえば、領地運営についての相談や指導をすることもできるようになるだろうというテオドールの計画に、ルシールは感動を通り越して畏怖したくらいだ。

(周りが彼を次の王にと望む理由が少しだけわかる気がする)

今の国王であるマルセルは堅実で清廉な国王だ。

それは十分に美徳で信頼すべき王の素養だが、テオドールもまた違った意味で王に向いている部分がある。

彼が王となった国を見てみたい。

そう思わせるだけの求心力を持っている。

(でもそれはテオドール様の望みではないのよね)

テオドールは国王夫妻をとても慕っている。

決して自分が王位を狙っているなどと思われたくはないのだろう。

しがない男爵家の娘であるルシールを妻に迎えてまで、王への信頼を示したいという願いを支えてあげたい。

そう思えるくらいには、テオドールを好ましいと思いはじめていた。

「私たちの結婚をお許しいただき、安心しました。さっそくですが私たちはなるべく早く結婚したいと考えています。つきましては婚約式は省略して、結婚式だけで済ませようと思うのですがどうでしょうか」

「我が家は構いませんが……公爵家はそれよいので？　王家の意向もあるでしょうし」

「兄には既に許可を得ています」

(嘘でしょう⁉)

そんな話は聞いていないとルシールは思わず演技を忘れ、テオドールの顔を見てしまう。

「兄は私が結婚することが嬉しいと。義姉上《あね》も同様です」

知らない話がどんどん出てきて処理が追いつかない。

腕を摑んだ手に力を込めて軽く引けば、意味ありげな視線を向けられてしまった。

口にしていた。


「二人とも、ルシールに会える日を楽しみにしているんですよ」

「なんと……なるほど、そういうことでしたら我が家は構いません」

エドワードはすっかりテオドールを信頼したらしく、満足そうに頷いている。

セレナも異論はないらしく、にこにこと微笑んで「式が楽しみだわ」と気の早いことを口にしていた。

お人好しすぎる両親の性格には何度も困らされてきたが、救われてきたのも本当だった。

今更ながらに、親元を離れて嫁いでいくという事実が胸に刺さる。

(ごめんね、お父様、お母様。騙すような真似《まね》をして)

これが愛のない契約結婚だと知れば、両親は深く悲しむだろう。

酷い裏切りだとルシールを叱り飛ばすかもしれない。

あの日、母と弟を助けてと祈った神様はこの選択を許してくれるのだろうか。

そんな不安が胸にこみあげてくる。

「お二人の大切な宝を託していただけることに感謝します」

肩を抱いた大きな手によって、テオドールに抱き寄せられた。

密着する身体の厚みと熱さに、沈みかけていた気持ちが引き上げられていく。

「かならず幸せにすると誓います」

嚙《か》みしめるように紡がれた言葉に、そこに込められたものが愛ではないとわかっていても胸が高鳴る。

自然とテオドールに身を任せるように寄りかかりながら、ルシールもまた両親へと笑みを向ける。

「安心してお父様、お母様。テオドール様はとても素晴らしい方よ」

嘘ではない。

だからこそ、契約結婚などという選択をしたのだから。

安心したように頷く二人の笑顔にほんの少しだけ心苦しさを感じながらも、ルシールは無事に婚姻の許しを得たのだった。

＊＊＊

二人の結婚までの日々は、怒濤《どとう》としか表現のしようがないめまぐるしさとなった。

たとえ婚約式を省いたとしても、貴族同士の結婚はやるべきことが多すぎる。

婚約期間を設けないということは、結婚の準備期間が少ないということだ。

本来ならば年単位の時間をかけて用意するべきことまで、数週間でしなければならない。

幸いにも挙式は身内だけを集めた静かなものを執り行うことが決まったが、ウエディングドレスだけは一から仕立てると聞いて、ルシールは目眩を起こしかけた。

「王妃様からお借りするとか、既に形ができあがっているものに手を加えるのではだめなのでしょうか」

いずれ離婚するのだから、手を抜いてもよいのではないかと暗に提案してみたが、テオドールは首を縦に振らなかった。

「俺たちの結婚が契約であることが見抜かれれば終わりだ。君は幸せな花嫁として人前に立たなければならない。ドレスが手抜きなんてありえないよ。結婚を急ぐのはそれだけ俺の愛が本気だという証明にもなる。がんばろうね、ルシール」

どうやら一切の妥協は許されないらしい。

細かい準備のほとんどはテオドールが請け負ってくれた。ルシールにできたのは、積み上げられた結婚にまつわる書類にせっせとペンを走らせることだけ。

テオドールの言葉通り、二人の結婚は国王によってすぐに承認されることになった。

一部の貴族からは反発があったそうだが、国王が許した結婚を覆せるわけなどない。

そうして迎えた秋の終わり。

色づいた落ち葉に彩られた王都のはずれにある教会で、二人は静かな結婚式を挙げた。

参加者は身内と最低限の関係者だけ。

国王マルセルに、テオドールを頼むと言われたときは胸が痛んだが、ルシールはちゃんと笑って頷けたのだった。

式を終え、くたくたになったルシールがラクロワ公爵家のタウンハウスに帰り着いたときには、すっかり日が暮れていた。

よろよろと馬車を降りて自分の足で中に入ろうとするルシールを、テオドールが軽々と抱え上げる。

「テオドール様⁉」

「花嫁を抱きかかえて連れ帰るのは花婿の権利だからね」

重たいウエディングドレスを着た人間を抱えているとは思えないほどに軽快な足取りで、テオドールは入口をくぐった。

出迎えてくれた使用人たちは、新婚夫婦に惜しみない祝福の言葉をかけてくれるものだから、余計にいたたまれない。

玄関ホールの中央でようやく解放されたときには、ルシールは恥ずかしさから腕まで真っ赤になっていた。

「もうっ……！」

潤んだ視界で睨み付けてもテオドールは楽しそうに笑うばかりで、ルシールの動揺を明らかに面白がっている。

文句を言ってやりたいが、周囲に使用人たちがいる手前、余計なことは言えない。

「さぁ奥様、お疲れでしょう。お湯を用意してありますよ」

メイドたちが気を利かせて声をかけてくれなければ、そのままにらみ合ったままになっていたことだろう。

ようやくウエディングドレスから解放され、たっぷりのお湯がためられたバスタブで身を清めたルシールは、真っ白な寝衣を着せられてから夫婦の寝室へと案内される。

いくつかの間接照明とベッドサイドのランプだけが灯《とも》った室内は薄暗く、甘い香りが焚《た》きしめられていた。

素足でも歩けそうなほどにふかふかとした絨毯《じゅうたん》をルームシューズで踏むという罪悪感に怯《おび》えながら、大人が数人は余裕で横たわれそうな寝台へと辿り着く。

おそるおそる腰を下ろした寝台は適度な硬さでルシールの身体を受け止めてくれた。

清潔な香りのするリネンの肌触りの良さに、さすがに公爵家だと妙な感心をしていると、部屋の扉がノックされる音が響く。

「……はい！」

驚きと緊張のせいで裏返った声で返事をしてしまう。

恥ずかしいと火照る頬を両手で包んでいると、扉がゆっくりと開き、テオドールが部屋の中へと入ってくる。

白いシャツに柔らかなシルエットのズボンというリラックスした姿で現れたテオドールは、髪を下ろしていることもあり少し幼く見えるから不思議だ。

「待たせたかな」

「いえ、私も今来たところなので……」

「そうか」

寝台に座ったままではいたたまれないとルシールはわずかに腰を浮かせる。

だが、あっというまに近くまで来たテオドールの手がそれを押しとどめた。肩に置かれた大きな手は、薄い寝衣ごしでもわかるほどに熱を帯びている。

「逃げないでくれ」

「逃げるなんて、そんな……んっ」

最初のキスよりも少しだけ荒々しく唇が塞がれる。

摑まれた肩を押され、背中から倒れ込むようにベッドに身体を沈ませれば、テオドールがそのまま覆《おお》い被《かぶ》さってきた。

肉付きの薄い唇が、まるで許しを請うように何度も口づけを落としてくる。

唇だけではない、頰や額、鼻先や瞼。あらゆる場所を優しく撫《な》でるようなキスは、優しい雨みたいだ。

「本当に君の瞳は綺麗《きれい》だね」

「そう、ですか?」

「ああ……まるで、雨上がりの夏空のようだ」

うっとりと囁くような声で呟きながら、テオドールの舌がねだるように唇の輪郭を舐めた。

肩に置かれていた手が滑り下りて、寝衣の上からルシールの身体を撫ではじめる。

明確な意志を感じるその動きに、身体の奥からじわりと熱が高まっていくのがわかった。

（ああ、今から私、この人の妻になるのね）

身体を震わせそうなほどに脈打つ心臓の音が、テオドールに聞こえていたらどうしようなんて考えてしまう。

「ルシール、いいかい？」

ここまでずっと強引だったくせに、テオドールの声はまるで希《こいねが》うような切ない色を帯びていた。

返事の代わりに、たくましい背中に手を回し、自分からその頬に唇を押し当てる。

「やさしく、してくださるんでしょう？」

「……ああ」

テオドールの喉がごくりと音を立てた。

荒々しくシャツを脱ぎ捨て現れた肉体は、細身なのにしっかりと鍛え上げられており、無駄な肉ひとつ見あたらない。

うっすらと汗ばんだ肌からは、優しい石けんの香りが立ちのぼっている。

てっきりすぐに脱がされるのかと思ったら、テオドールはまるで壊れものでも扱うような丁寧な手つきで寝衣の上からルシールの身体を撫ではじめた。

肩の形を確かめるように動いた手が二の腕を撫で、手首をゆるりとなぞる。

襟ぐりから除いた鎖骨を指先で辿《たど》ったかとおもえば、胸の膨らみを両手で優しく持ち上げられてゆすられた。すでに硬くなりはじめていた胸の先端が、生地にこすれた刺激でぷっくりと勃ちあがっているのがわかってしまう。

「君も期待してくれているようで嬉しいよ」

「やっ……あんっ……！」

寝衣の上から、指先で乳嘴の形を確かめるように撫でられ、ルシールは甘ったるい声を上げた。

それに気を良くしたのか、テオドールの指先がそこを執拗《しつよう》にこすりはじめる。

はっきりと存在を主張する先端の周りをなぞり、指先できゅうっとつまみ上げる。

その度にルシールは艶《つや》めいた悲鳴を上げ、身体をよじって刺激から逃げようとするが、覆い被さっているテオドールの身体がそれを許さない。

「ひっ、あ……あっ……んん……っ」

手のひらで胸を転がすように撫でられると、お腹《なか》の奥がずんと重くなる。

じれったくも甘い責めに、ルシールは切なげに腰をくねらせた。

「かわいい……すごく、かわいいよルシール」

「っ……いやぁ、そんなこと、ないっ」

「いいや、君はとてもかわいい。食べてしまいたいくらいだ」

「ひゃあっ！」

ぱくりと服ごと胸の先端に吸い付かれ、ルシールは思いきり叫んでしまう。

唾液で濡れた布が硬くしこった乳嘴にはりつく。

熱くぬめった舌がべろべろと舐めまわし、時折吸い上げてくる感覚に身体がしびれた。

「ふふ……濡れて透けているね。すごくいやらしい」

「やだぁ……」

いつまでも脱がそうとせず、服の上から執拗にあちこちを撫でたり舐めたりを繰り返すテオドールの愛撫《あいぶ》に、ルシールは半泣きで喘《あえ》ぐことしかできない。

（これって普通なの？）

閨《ねや》ごとの知識は最低限しか持ち合わせていないルシールは、この状況をどう受け止めてよいかわからず困惑していた。

（裸でするものって聞いた記憶があるんだけど……）

それともこれはテオドールの趣味なのだろうか。

「んっ、んぅ、テオ……様……も、やぁ」

喘ぎすぎてうまく舌が動かず、媚びるような呼び方になってしまった。

胸に吸い付いていたテオドールの身体がびくりと揺れ、音がしそうな勢いで顔が上げられる。

「ルシール、今なんと？」

「んんっ？……えと、もう、やっ……って……あの、違うんです、本当に嫌なんじゃ、なくてっ……んっう……」

「それはわかってる。気持ちよくなってくれて嬉しいよ……でも俺が聞きたいのはその前だ」

「あ……テオ、様？」

「いい。すごくいい。ルシール、俺のことは今日からそう呼んでくれ」

「え？　あっ、んんっつ！」

噛みつくようにキスをされ、呼吸ごと吸い上げられる。

口の中に熱い舌が入り込んできて、唾液をかき混ぜるように動きながらルシールの舌を絡め取る。

上顎や、歯列の裏側を舌先で辿るように舐めまわされ、ゾクゾクと背中が震えた。

お互いの舌を舐め合うような激しいキスの合間に、テオドールの手が器用にルシールの身体から寝衣を剝《は》ぎ取っていく。

「っあ……」

ようやく唇を解放したテオドールは、繊細なレースで彩られた下着一枚になったルシールの身体をうっとりと見つめ、首筋に顔を埋めるようにして抱きしめてきた。

お互いの素肌が密着するという未知の感覚に、まだ何もされていないというのに艶めいた声が喉から漏れ出てしまう。

「っんぅ」

テオドールは、土砂降りの雨のような勢いで肌に口づけを落としていく。

鎖骨を甘噛みし、先ほどまで散々弄んでいた胸へと辿り着いた唇が、赤く熟れた先端を労るように口づけたあと、今度は直接ぱくりと吸い付いてくる。

「んんんっ……あっ……ああん……」

舌先でちろちろとはじかれながら強く吸い上げられると、目の奥で火花が弾けた。

もう片方も指先でなで回され、摘ままれ、手のひらで転がされる。

信じられないほどの甘いしびれが全身を駆け抜け、ルシールは喉を反《そ》らせた。

「やぁっ……も、んんっ……！」

「こんなにおいしいのにやめられないよ……んっ……口と手、どっちでかわいがられるのが好き？」

「ひあっ、そんな、わかんないっ……」

「ふふ。じゃあどっちもだね」

「ああっ……」

ちゅぽん、とわざとらしく音を立てながら唇を離される。

テオドールの唾液でてらてらと濡れた乳首はあまりに卑猥《ひわい》で、ルシールはそこから目が離せなくなってしまう。

「今度はこっち」

「あっ⁉　や、あああんっ」

指でなぶられ敏感になっていた方が唇に含まれ、今度は舌で愛撫される。

そうやって両方の胸を散々に愛撫されるルシールは、引き攣《つ》れた甘い声を上げながら、
テオドールの肩に爪を立てた。

「んっあ……も、だめぇ」

いやいやと首を振れば、瞳に溜《た》まった涙がぽろぽろとこぼれて落ちてしまう。

「泣かないでルシール……ああ、なんてかわいい」

テオドールがこぼれた涙を舌で舐めとりながら、頬や唇に口づけを落としていく。

腰のあたりを撫でていた手が、お腹の上をくるりと撫で、臍《へそ》の形を確かめるように動き
ながら、ゆっくりと下着の方へ近づいていく。

「あ」

下着の中に潜り込んできた指が、自分以外誰も触れたことがない場所を探り当てた。

薄い恥毛をかき分け、慎《つつ》ましく閉じているあわいを指先で辿る。

ぬるりとした感触が伝わってきて、ルシールは再び涙を溢れさせた。

「んっ、あっ……そんな……」

「よかった、濡れてる」

安堵《あんど》したように笑うテオドールの声に、顔が熱くなるのを感じた。

下着の中で無遠慮に動き回る指先が、割れ目を押し開き、濡れそぼった未熟な花びらをかき分け、蜜口に辿り着く。

「ひあっ……！」

はじめて異物に触れて驚き痙攣《けいれん》する入口をなだめるように、つぷつぷと指先だけを抜き差しされ、ルシールは喉を震わせた。

「やっ、なに……そこ、やっ……」

未知の感覚に腰をよじって逃げようとするが、テオドールの指は容赦なく身体の中に入り込んでくる。

じっくりと硬い膣壁をほぐすように中に入り込んだ指が、ゆるやかに抽挿《ちゅうそう》をはじめる。

最初は違和感が勝っていたのに、だんだんと馴染んでくるのが不思議だった。

「っ、あっ？」

奥まった部分で指を曲げられた瞬間、身体が跳ねてしまう。

「ここがいいところかな?」

「ひっ、やっ、だめ……そこ、いやぁ……」

指先でそこを執拗に押されルシールの声に艶が混じる。

一本だったものが二本に増やされ、溢れた蜜のいやらしい音が響きはじめた。

「ここも触ってあげるね」

「きゃうんっ」

あわいの先端にある小さな粒を親指で押しつぶされる。

「だめぇ、そこ、そこ……やぁっ……」

「女の子はここが一番、気持ちいいんだよ」

「うそっ、そんなっ……!　っんん……んっ……!」

いつの間にか下着が抜き取られ、秘所が完全にあらわになっていた。

力が抜けきっているせいで、はしたなく足が開く。

蜜口を指で抉《えぐ》られながら、花芯をつままれると、どうしようもないくらいの切なさが体中を駆け巡った。

身体をくねらせながら喘ぐルシールに身体を寄せたテオドールが、耳たぶに歯を立て、ぬるりと耳孔を舌先で抉る。

「あ、ああ……あっ……やっ、なんか、きちゃう」

「うん。大丈夫だから、身を任せて」

「ひぅ……‼」

熱い吐息まじりの囁きにとどめをさされ、ルシールは甲高く叫びながら身体を跳ねさせた。

全身から汗が噴き出し、頭の中が真っ白になる。

「あ……あ……んっ……」

「よかった。イケたんだね」

「イ……？」

ぼんやりとテオドールに視線を向ければ、労るような口づけが与えられた。

唇を何度も啄《ついば》まれながら、優しく抱きしめられる。

心地よい倦怠感《けんたいかん》と浮遊感に包まれ、そのままうとうとしかけるルシールだったが、下半身に何か熱くて硬いものが押し当てられていることに気がつき、目を開けた。

「今度は俺の番だ」

「……！」

涙の膜がはった視界が捉えたのは、ズボンを脱ぎ捨てたテオドールの裸体だった。

その中央には、お腹につきそうなほどに反り返った雄槍が存在を主張している。

尖《とが》った先端に溜まった蜜が、つうっと滴りシーツにシミを作った。

「なっ……それ……」

「大丈夫。ゆっくり入れるから」

大丈夫じゃない、と叫ぼうとしたルシールの口をキスで塞ぎながら、テオドールが蜜口に先端を押し当てた。

硬くて熱い切っ先が、ゆっくりと蜜路を押し広げながら入り込んでくる。

「あ、あ、あっ……」

圧倒的な存在感に内臓を押し上げられ、苦しさで呼吸が乱れる。

先ほどまでの陶酔した心地よさが消えて、のしかかってくるテオドールの身体を思わず押し返してしまうが、彼は容赦なく腰を押し進めてきた。

「ごめんね。最後まで入れさせて……」

「っううん……！」

お腹の奥にこつんと何かがぶつかる。

胎内をみっちりと埋める熱い高ぶりの存在に、テオドールの剛直を根元まで呑み込むことができたことを理解した。

呼吸をする度に身体に収まった自分以外の生命を感じ、ルシールは信じられないと目を見開いて、下腹部を凝視する。

お互いの身体がぴったりとくっついていた。心なしか、薄い腹部がほのかに膨らんで見えるのは気のせいだろうか。

「はいった、の」

「そうだよ……くっ……君の中はすごいね……あたたかくて……すごく、狭くて」

「あっ」

胎内に収まったテオドールの幹がなぜか更に太さを増した。

思わず締め付ければ、形の良い眉が切なげに寄せられる。

美しい顔をゆがめ額に汗を滲ませた顔は、恐ろしいほどの色気を醸し出していた。

「っ、そんなに締めないでくれ」

「そんなこといわれても……んぅう……」

余裕のない声音に、彼が心地よさを感じてくれているのが伝わってくる。

「あっ……」

知らぬ間に内壁がうねり、まるで喜ぶように収縮しはじめた。

「だめだ、動くっ……」

「ひっ！」

低く唸《うな》ったテオドールが腰を揺らした。浅く引き抜き、すぐに突き込まれる。

最奥にキスをするように穿《うが》たれ、ルシールは意味のある言葉を紡げなくなっていく。

「あっ……ああっ、ああっ……あんっ……！」

両足を抱えるように広げられながら、テオドールが腰を叩《たた》きつけてくる。

肌と肌がぶつかる音と溢れる蜜がかき混ぜられる音が寝室に響く。

「すごい……これが……ああ……」

「テオさま……テオさまぁ」

どこかに意識が飛んでいきそうになるのが怖くて、必死にテオドールの首に手を回ししがみつく。

緩急を付けた抽挿のリズムに合わせて、甘ったるい嬌声《きょうせい》が押し出された。

(何これ、へんになる)

苦しさや痛みだけではない、何かがこみあげてくるのがわかる。

汗ばんだ肌がはりつく感触なんて不快なだけのはずなのに、いまはそれが心地よく安心する。触れるぬくもりに心までも抱きしめられているような錯覚を感じながら、ルシールはテオドールの揺さぶりになすがままになるしかない。

きつく抱きしめ合っているせいで、テオドールの厚い胸板に胸の先端がこすれて新たな刺激が生まれてしまう。

「んっああ……あっ……んんっ……」

「中が柔らかくなってきた。ここがいいのかな？」

「っあんっ！」

硬い先端であらぬ場所を抉られ、内壁が歓喜に震えた。

身体の芯がしびれ、突き抜けるような快楽が頭の中を揺らす。

「っあ、あ……ああ……」

蜜路をみっしりと埋める雄槍の動きに、全てを支配されていくような感覚に陥っていく。

根元まで押し込まれ腰を回されるだけで、耳を塞ぎたくなるほどに艶めいた悲鳴を上げてしまう自分を受け入れられず、ルシールはがむしゃらに頭を振った。

「すばらしいよ、ルシール……ああっ……もう……」

だんだんと、テオドールの腰使いに余裕が無くなる。

叩きつけるような抽挿に、ルシールの意識もまた高みに押し上げられていく。

「ひっ、あっぅ……あっ、あああっ‼」

「ぐっ……！」

押しつけられた腰に花芽を刺激された瞬間、お腹の奥で熱が弾ける。

膨れ上がった剛直が痙攣し、胎内にあたたかい子種を吐き出しているのが粘膜を通じて伝わってきた。

「あっ……ああ」

最後の一滴まで吐き出すように腰を揺らしたあと、テオドールがゆっくりと腰を引く。

わずかに硬さをなくした男根がずるりと抜け落ちれば、栓をなくした蜜口からとろとろと何かが溢《あふ》れ出したのがわかった。粗相をしてしまったような羞恥に、ただでさえ朦朧《もうろう》とした頭が溶けそうになる。

ぴったりとはりついていた身体が離れていくと、急に寒くなった気がして、ルシールは思わずテオドールの腕に手を伸ばしてしまった。

「大丈夫。身体を拭くものを取ってくるだけだから」

なだめるような優しい声をかけられ、頭を撫でられる。

はじめての行為のせいで疲労困憊《ひろうこんぱい》だったルシールは、テオドールの優しさにまどろみながら静かに頷く。

言葉通り、テオドールはどこからか布を持ってくると、汗ばんだルシールの身体を拭きあげ、新しい寝衣をまとわせてくれた。

最初から二重にしていたらしいシーツを一枚剝ぎ取ると、テオドールはルシールの身体を抱き寄せながら再び寝台に横たわる。

「ありがとうルシール。素晴らしかったよ」

（私も……）

返事をしたいのに眠気に勝てず、せめてもとテオドールの胸に額を押しつけた。

きっとどこまでも大切にしてくれたのだろう。

契約の妻である自分にここまで尽くしてくれるテオドールの真摯さに、胸が震える。

包み込まれる心地よさに流されながら、ルシールは眠りに落ちたのだった。


「ん……」

カーテンの隙間から射し込む朝日の眩しさに、ルシールは目を覚ます。

寝返りを打てば関節があちこち軋《きし》んだ。普段は使わない場所の筋肉が悲鳴を上げているのが伝わってくる。

(男女の営みって、すごいのね)

感動と羞恥がない交ぜになって冷静になれない。

どんな顔をしてテオドールに会えば良いのだろうと考えながら身体を起こせば、寝台の中にテオドールがいないことに気がついた。

「テオ様?」

ぐるりと部屋の中を見回していると、扉が開いてテオドールが部屋の中に入ってきた。

着替えを済ませ、髪型も整え終わっている。

手には水差しが載ったトレイを持っていることから、ルシールのために水を汲《く》んでくれてきたらしい。

「起きたかい?」

「わ、私ったら寝坊を……！」

結婚初日からなんて無作法をしてしまったのか。

さぁっとルシールが青ざめていれば、テオドールが慌てて駆け寄ってくる。

「初夜を終えた新妻の寝坊を咎めるようなものはいないよ」

優しい言葉にますますいたたまれず、小さく身体を丸めれば、楽しそうな笑い声が聞こえてきた。

「今日はゆっくりと休むといい」

サイドテーブルにトレイを置いたテオドールが寝台に腰掛け、ルシールの背中を優しく撫でさすった。

「身体は大丈夫かい？　昨晩ははじめての君に随分無理をさせた」

「いえ……とても、優しくしていただいたと思います」

比べるような経験はないが、こんなにも心が満たされているのだからきっと間違いないのだろう。

（気持ちよかったし）

ルシールが学んだ知識によれば、女性は初夜で痛むだけなのが当然のようだった。

だが、テオドールとの初夜は痛みだけではない、甘い疼《うず》きをもたらしてくれた。

「そうか……じゃあ、また君を抱いてもいいんだね」

「……！　お、お手柔らかにお願いします」

（そうか。夫婦になったんだから、初夜で終わりじゃないのよね）

当然のことに思い至り、ルシールは軽く動揺するがテオドールは涼しい表情のままだ。

これが経験の差なのだろうと複雑な気持ちになる。

「水を持ってきたが飲めるかな」

「はい」

水を注いだコップを手渡され、ルシールは喉を潤す。

ずいぶんと喉が渇いていたらしく、あっというまに飲み干してしまった。

冷たい水が喉を嚥下《えんか》し胃を冷やす心地よさに浸っていれば、テオドールがまた違うコップを差し出してきた。

それには水ではなく、半透明の濁った何かが半分ほど注がれている。

「これは……？」

「避妊薬だ。昨日は我慢できずに中に出してしまったからね」

「……！」

子種を注がれた瞬間のことを思い出し、ルシールは顔を赤くする。

「飲んでくれるだろうか？」

「ええ」

ためらうことなく、ルシールはコップを受け取った。

テオドールの懸念は当然だ。

もし子どもができれば、いずれ離婚をするときに大きな障害になるだろう。

それに出産は命がけだ。陣痛に苦しむ母の姿を知っているルシールは、たとえ本当に結婚したときも子どもを作ることには慎重でいたいと考えていたくらいだ。

一気に飲み干した避妊薬はわずかに苦く、後味だけは不思議に甘い。

「……すまない」

「え？」

じっと見つめてくるテオドールの緑の瞳が、物言いたげに揺れていた。

なぜそんな顔をするのだろうと見つめ返すルシールの頬に、テオドールは唇を押しつけるときつく抱きしめてくる。

たくましい腕がわずかに震えているような気がして、ルシールは何も言えずに身を任せることしかできなかった。

＊＊＊

窓の外に見える庭園には、雪が積もっている。

二人が結婚して三ヶ月が過ぎた。

オラリオ王国では冬は家族で過ごす季節とされていることもあり、ルシールは静かな生活が送れている。

テオドールは妻の地位にいてくれれば他には何も求めないと言ってくれたが、公爵夫人という立場はそれを許してくれない。

結婚したばかりということもあり、覚えることはたくさんあった。

結婚式に招待できなかった縁戚の貴族たちに挨拶の手紙と贈り物を届ける手配をしたり、領地を管理する人たちを招いて食事会を開いたりなど、簡単なようで気の抜けない予定が目白押しだ。

ほとんどの縁者たちは、特定の相手を定めずふらふらとしていたテオドールが妻を迎えたことに安堵しているようで、ルシールに好意的だった。

屋敷の使用人や出入りする商人たちも、ようやく現れた女主人の存在に喜んでくれている。

おかげで今日に至るまで大きな問題がおきることなく過ごせていた。

テオドールは結婚を機に、外交にまつわる重要な役職に就いた。

これまでは王座に近いと周囲に勘違いされないため、国政に関わるような仕事には関わらないようにしていたらしい。

ルシールという隠《かく》れ蓑《みの》を手に入れたおかげで、やりたかった仕事ができると毎日忙しくしている。

やはりというべきかテオドールはとても優秀な人物らしく、周囲からもかなりの信頼を集めているそうだ。

公爵として国王の補佐という勤めもあるため、ここ数日は家を空けている。

留守番をしているルシールは公爵夫人として恥を掻かぬように、勉強のための読書に勤《いそ》しんでいた。

「お茶をお持ちしました」

「まあ、ありがとう」

本から顔を上げれば、年嵩《としかさ》のメイドが紅茶をテーブルに置いているところだった。

白いものが交じった髪をしっかりと結い上げ、皺の目立つ目元をゆるませる彼女はアリソンといい、この屋敷でもっとも長く働いている使用人たちのまとめ役だ。

「奥様がいらっしゃって、屋敷が華やかになりましたわ」

公爵夫人という慣れない仕事に立ち向かうルシールを、まるで母のように支えてくれる頼もしい存在である。

「旦那様は何かとお忙しいので家のことは私たちに任せきりで……奥様がいろいろと手配してくださり助かりました」

季節ごとの花や装飾品など、公爵家にふさわしい装いを準備するのは女主人の仕事だ。

バリエ家でも季節の変わり目になれば母は何かと忙しくしていた。

商人たちの口車に乗せられてすぐに不相応な高級品を買おうとするのが大変だったことを振り返りながら、公爵家の品位にふさわしいものをルシールは用意できた。

だが、もともとの性分のせいで無難なコーディネートになってしまっているのは否めない。

公爵家という立場を考えれば、もっと華やかな装いをするべきなのだろうが。

「慣れないことばかりで……テオドール様のお母様がいらした頃はもっと美しかったんじゃなくて？」

前国王の公妾だったテオドールの母は伯爵家出身の女性ですでに亡くなっている。

きっとルシールよりも公爵家をうまく切り盛りしていたのではないだろうか。

だが、予想に反してアリソンは首を横に振った。

「いいえ。旦那様のお母様はこのお屋敷に来たことはありません」

「え？」

「旦那様が籍を王家に移されてからは、一度もお会いしていないと聞いています」

「それは、どういう……」

てっきり亡くなるまでこの屋敷で一緒に暮らしていたとばかり思っていたのにと、ルシールが驚けばアリソンが控えめなため息を零した。

「……やはり、お聞き及びでは無かったのですね」

ルシールを案ずるような陰りのある表情に、何か深い事情があることが察せられる。

結婚の話をまとめるときに、テオドールからは既に母親は亡くなっており、その親類とは縁が切れているということしか聞かされていなかった。

王家の一員になるとはそういうものかと納得していたが、どうやらそうではないらしい。

短い逡巡《しゅんじゅん》のあと、ルシールはゆっくりと口を開いた。

「アリソン。テオドール様のお母様はどんなお人だったの？　知っていることがあれば教えてほしいの」

使用人に主人のことを話せというのは酷なことだとはわかっていたが、ルシールは尋ねずにはいられなかった。

メイドであるアリソンが知っているということは、表立って口にする人間がいないだけで完全なる秘密というわけではないのだろう。

テオドールの妻となった以上、いつかどこで耳にすることがあるに違いない。

そのときに対応できず、テオドールの妻として動揺をみせるような失態は避けておきたい。

下手をすれば、二人の関係が契約で成り立った仮初めの夫婦と露見する可能性もある。

そんなルシールの必死さが伝わったのか、アリソンは少し迷いつつも口を開いた。

「旦那様のお母様は、伯爵家の庶子であったレミリア様といいます」

二十五年前。

前国王は愛する王妃を流行病《はやりやまい》で亡くした。

心に開いた大きな穴を埋めるため、公妾を設けてはどうかと提案されたらしい。

最初は渋っていた国王も、寂しさには勝てなかったのか、家柄に問題がなく、王妃になるような野心を持たぬ女性を数名、公妾として召し抱えた。

その中の一人がレミリアだ。

レミリアはある伯爵家の嫡男が異国の踊り子に手を付けて産ませた子どもで、生みの母が亡くなったことから伯爵家に引き取られ育てられた。

美しく育った彼女は庶子でありながら、社交界の花と呼ばれ、もてはやされていたという。

「とても気位の高い方だったそうです。愛よりも財産と権力を求める、といいましょうか」

公妾という立場は、レミリアの理想そのものだったのだろう。

嬉々として公妾になった彼女は、持ち前の美しさから王の一番のお気に入りになった。

そして身籠もり、玉のような男の子を産み落とした。それがテオドールだ。

幼い王子に弟ができたと、前国王は大変な喜びようだったという。

「テオドール様を産んでからのレミリア様は、まるで自分が王妃になったかのごとく振る舞われていたそうです」

だが公妾はあくまで公妾。

正式に婚姻を結んでいるわけではないため、レミリアにはなんの権力もない。

多少の我儘が許されていたのは国王に愛されていたからだ。

「そのうちに前国王陛下はレミリア様の振る舞いを制御できなくなり、彼女をテオドール様共々遠ざけました」

それは決してテオドールを疎んだからではなく、幼子から母を奪いたくないという国王の配慮だった。

王子であるマルセルが母と死に別れたときに、ひどく寂しがっていた姿を覚えていたのも一因だったのかもしれない。

十分な援助を約束し、二人は王宮から遠く離れた辺境に屋敷を構えた。

「寵愛《ちょうあい》を失ったとレミリア様は、その原因をすべてテオドール様に押しつけたのです」

「そんな……」

レミリアはテオドールに呪いの言葉を吹き込み、服で隠れる場所をつねったり、食事に少量の毒を混ぜたりと、おおよそ母親がするとは思えない嫌がらせの限りを尽くした。

そんな加虐の中で育ったテオドールは、感情を表に出すことができない子どもに育ってしまった。食も細く、同じ年頃の子どもより一回り以上小さく、信じれないほどに痩せていたそうだ。

病床に倒れた前国王が、死ぬ前にテオドールにひと目会いたいと呼び寄せたとき、ようやくその事実が発覚した。

「だからテオドール様は王家に引き取られたのね」

「レミリア様はかなり抵抗されたそうですが、まとまった財産を渡すことで納得させたそうです」

「知らなかったわ……」

テオドールが王家に迎えられたのは、継承者がマルセルだけだからだとばかり思っていた。

だが実際は、テオドールを助けるための措置だったのだ。

教えられなかったとはいえ、無知なままでいた自分が恥ずかしくなる。

テオドールがどれほど辛い立場にいたのか、知りもしなかった。

「私がテオドール様のそばにお仕えしたのはその頃からになります。はじめは、こんなに大人しい子どもがいるのかと驚きました。でも、そうではなかったのです。テオドール様は子どもらしく振る舞うことができなかったのです」

王家に引き取られたばかりのテオドールは人形のような子どもで、笑うことも怒ることも泣くこともしなかった。

いや、できなかったのだろう。

子どもは大人が考えている以上に繊細だ。

レミリアに抑圧されていたせいで、幼いテオドールは心を育めなかったに違いない。

「そんなテオドール様を慈しまれたのが、いまの両陛下です」

突然現れた兄夫婦を警戒していたテオドールも、彼らが本当に自分を案じてくれていると悟ってからは、少しずつ感情を表に出せるようになった。

栄養のある食事のおかげで、痩せ細っていた身体も少しずつ成長をはじめた。

幼少期の過酷な生活のせいで十代の頃は頻繁に病を拗《こじ》らせ静養をしていたが、成人になる前にはすっかり今のような健康な身体になったらしい。

一人残されたレミリアは数年前、深酒が原因で身体を壊し、病で息を引き取ったという。

テオドールは最後まで見舞いにすら行かなかったらしい。

(だからだったのね)

頑《かたく》なに王位に近づくことを嫌がっていたテオドール。

その背景には、国王陛下への感謝と、自らの出自にまつわる苦しみがあったのだろう。

今すぐテオドールを抱きしめてあげたい。

そんな思いがルシールの心にこみあげてくる。

もし弟のジスランが、同じような目に遭っていたらと想像するだけで胸が痛んだ。

テオドールを慈しんだマルセルの気持ちが痛いほどにわかる。

愛しくかわいい弟にはずっと笑っていてほしいし、幸せになってほしい。

「アリソン、辛い話を教えてくれてありがとう」

「とんでもない。勝手に昔話をしてしまったと旦那様に叱られてしまうかもしれません」

「いいえ。もしあなたが教えてくれないままに、悪意を持った相手から教えられていたら私はうまく対応できなかったでしょう」

テオドールのことだ。ルシールに打ち明けるつもりはなかったに違いない。

一緒に暮らしはじめて知ったことだが、テオドールは案外見栄《みえ》っ張《ぱ》りだ。

クローゼットに収まりきらないほどのドレスがあるというのに、新進気鋭の仕立屋がいるからと勝手に新しいドレスを注文したり、宝石商を呼び寄せたから何か買っておくようにと言いつけてくるのだ。

そういったことに慣れていないルシールは毎回目を回しながら、お針子やデザイナーたちの相手をしていた。

服など着られれば十分だと訴えてみたが、衣服や装飾品にお金を使うのは公爵夫人として必要なことだから、妥協してはいけないと言い切られてしまった。

結局、自分ではまともに選べないからと、大抵の買い物はメイドのセンスに任せている。

テオドールは忙しい合間を縫うようにわざわざ帰宅しては、ルシールの部屋に押しかけて会えなかった間の話をしたがる。

顔に疲れが滲んでいるからゆっくり休むようにと言っても、大丈夫だと言い張って夫婦の寝室に引っ張り込まれる身にもなってほしい。

何かをプレゼントしたり、どんなに忙しくても共にいることこそが正しい夫婦のあり方だと信じているらしいテオドールの必死さに、ルシールは少々食傷気味だった。

契約結婚がバレないようにしたいのはわかるが、そこまでする必要はないはずだ。

でも、アリソンから過去のいきさつを聞いた今では、その理由が少しだけ理解できるような気がした。

きっとテオドールは正しい夫婦のあり方を知らないのだろう。

物を送り、寝所を共にすることだけが夫婦を繋ぐものと考えているのかもしれない。

「テオドール様が戻られたら少し話をしてみるわ」

「それがようございます。お二人は夫婦なのですから」

「……そうね」

いずれ別れが待っている関係であることが、今は少しだけ後ろめたくなる。

アリソンをはじめとする使用人たちがルシールに好意的なのは、暗い過去を抱えたテオドールが愛した女性だからなのだろう。

それが契約を結んだいつわりの妻だと知ったら、どれほど悲しむだろうか。

別れの日に備えて、彼らが納得する理由も考えておかなければならないだろう。

早く帰ってきてほしい。

仮初めの妻でいられる間だけでも、テオドールが心安らげる止まり木になりたい。

そんな淡い願いを抱きながら、ルシールは窓の外に視線を向けたのだった。


夢の世界に沈みかけていたルシールの意識が、不意に浮き上がる。

横たわったままゆっくりと目を開ければ、消したはずの室内灯が付いていて、周囲がほんのりと明るい。

室内に誰かの気配を感じる。

鼻をくすぐる優しい香りに、それが誰なのかすぐにわかった。

「……テオ様」

「ああ、起こしてしまったかな」

声がした方向に寝返りを打てば、今まさにシーツをめくって寝台の中に滑りこもうとしているテオドールと目が合った。

久しぶりに見た顔には隠しきれない疲れが滲んでいた。

それでも、その美しさに陰りはない。

いい加減に見慣れなければと思うのに、慣れる日が来る気がしないのはなぜなのだろう。

「ただいまルシール」

「おかえりなさい」

隣に身体を横たえたテオドールが、腕を伸ばしてルシールの身体を抱きしめてきた。

湯浴《ゆあ》みをしてきたらしい身体からは石けんの匂いがする。

ルシールの頭に鼻先を埋めたテオドールが深く息を吸い込み、それから長い息を吐き出した。肌を撫でるあたたかな吐息がくすぐったい。

「ああ、ようやく帰れた」

「ずいぶんとお忙しかったみたいですね」

「そうなんだ……本当はずっと君を腕に抱いていたいのに、ままならないね人生は」

「なんですか、それ」

テオドールはルシールの身体を抱きしめる腕に力を込め、頬ずりをしてくる。

まるでぬいぐるみ扱いだ。

お酒でも飲んでいるのだろうか。なんだか子どものように甘えてくるテオドールの仕草に、心の中がじわりと熱を持つ。

「大変でしたね。おつかれさまです」

広い背中に腕を回し、あやすように手のひらを優しく上下させてからとんとんと叩いてあげる。

勉強や訓練が嫌だとジーナの元に逃げ込んできたジスランを、よくこうやって慰めてあげたものだ。

「……もしかして、甘やかそうとしてくれている?」

「少しだけ」

昼間、テオドールの過去を聞いたせいだろうか。

もっと大切にしてあげたい。人のぬくもりや、誰かと共に過ごす幸せを知ってほしい。

そんな気持ちが溢れて止まらない。

左手で背中を撫でながら、右手でテオドールの髪をさらりと撫でる。硬さのある男性らしい髪は、湯上がりらしく根元がほんのりと濡れていた。まだ絡まっている場所を解くように指で梳《す》いてやり、冷たくなってしまっている耳たぶを温めるように包み込む。

広く大きな背中はしっかりとした筋肉に包まれているのに、ところどころ骨張っている。

いいこ、いいこ、と口には出さずに囁きながら、ルシールは腕の中に収まった大きな身体を慈しむ。

「テオドール様はすごいです」

「……そんなことはない。俺はとても臆病で我儘で、強欲な男さ」

なすがままのテオドールの声は、寂しげだった。

王家に迎えられるまでは、きっとたくさんのものを諦めてきたのだろう。

本来ならば容易く与えられるものを得られなかった子ども時代。手を差し伸べてくれた両陛下がいなかったら、壊れていただろう。

「いいえ、あなたは優しい人だわ」

だからこそ、テオドールは今の道を選んだ。その片棒を担げることが少しだけ誇らしい。

大切な人のために、自分の人生を変えることを厭《いと》わない強さに胸がつまる。

「私にできることがあれば何でも言ってください」

契約だからではない。一人の人間として、テオドールに尽くしてあげたいと心から思う。

「じゃあ、君を甘やかさせてくれる？」

「え？」

抱きしめているだけだったテオドールの手がするりと動いて、ルシールの腰を抱いた。

横向きに抱き合っていた体勢から、仰向《あおむ》けにされる。

冷えたシーツの感触に身体がびくりと震えてしまった。

「……優しくする」

ルシールの反応を怯えと捉えたのか、テオドールが許しを請うような声音で呟いた。

違うと言いかけた唇を、奪うように塞がれる。

慣れた動きで入り込んできた舌が、ぬるりと口腔《こうこう》を舐めまわし唾液を吸い上げていく。大きな手が首筋や頰を撫で、指先が耳たぶを弄ぶ。

「んっ、う……」

覚え込まされた熱が身体の奥から溢れてくる。鼻にかかる甘ったるい声が自分から出ているだなんて信じたくない。

「声、きかせて」

「あっ……！」

するりと滑り下りてきた手が、寝衣の合わせ目から素肌の胸をまさぐりはじめる。

形を確かめるように膨らみを包み込み、手のひらで先端を転がすように押しつぶされる。

「っ……あっ……やぁ……」

「ここ、好きだよね」

「やっ、だめぇ」

刺激のせいで硬くなった乳嘴を、テオドールが爪の先でひっかいた。

じんじんとそこから甘いしびれが全身に広がっていく。いやいやと子どものように首を振れば、テオドールはますます楽しそうに指先でルシールの胸を弄ぶ。

するりと寝衣をはだけさせられ、冷たい空気にさらされた肌が粟立《あわだ》つ。

だがすぐにテオドールによって余すところなくなで回され、寒いと思う間もなく肌が汗ばんでいく。

「んっ、あっ、あっ……ひぅ」

どこまでも優しく気遣いに溢れた愛撫だった。

この行為は性欲処理であり、二人が愛し合い夫婦だと偽装するためのものなのに、テオドールはいつだってルシールの身体を思いやるように繊細に触れてくる。

少しでも苦しげな声を上げれば落ち着くまでキスをしてくれるし、本能的な恐怖で身体がこわばってしまえばかならず動きを止めてくれる。

慈しまれ愛されているような錯覚に、ルシールはいつも溺れそうだった。

「あっ……んんっう……」

いつの間にか服を脱いだテオドールが覆い被さるように抱きしめてきた。

裸の胸と胸を押しつけ合ってキスを交わす。

尖った乳嘴が同じく硬くなっているテオドールの胸の先とこすれて心地いい。

身体が勝手にもっととすり寄ってしまう。

「ルシール……かわいいね」

「んんっ……あっ！」

背中にまわっていた手がゆっくりと下りて、丸く尻を撫でる。

そのままゆっくりと前に回り足の間に入り込んできた指先が、慣れた動きでルシールの秘所を探り当てた。

既に蜜を滲ませるあわいをこじ開け、すっかりと膨らんでしまった花芯をくすぐるように指先で押しつぶす。

「ひっ……やぁっ……んっんんっ……ああ……！」

急な刺激に腰が引けてしまうが、テオドールは容赦なく追いかけてきてルシールの花びらをまさぐり蜜口に指を挿し込んだ。

ぬちぬちとゆっくりと抜き差しされると、その先を思い出した蜜道が、きゅうきゅうとうねって愛しげに太い指を締め付けてしまう。

「ふふ……僕の指がおいしい？」

「あっ、あぁやぁ……」

じっくりと増やされた指が内壁を抉るように動き、蜜が溢れ、いやらしい水音が響きはじめた。

充血した花芯をもうひとつの手で優しく撫でたり摘まれたりと弄ばれる。

みっともなく足が開き、腰があさましく跳ねてしまう。

「も、もぅだめぇ」

「……俺のが欲しい？」

耳たぶをべろりと舐められ、ルシールはか細い悲鳴を上げた。

太もものあたりに、熱くて硬いテオドールの欲望が押しつけられる。

（また!?　なんて意地悪なの!?）

何が楽しいのか、テオドールはルシールに恥ずかしい言葉を言わせたがる。

普段は優しいのに、このときだけはどんなに嫌がっても許してくれない。

甘く甘く蕩《とろ》かされて、彼が望む言葉を口にするまでは何度も高みに押し上げられてしまうのだ。

耳たぶや首筋に雨のようにキスをしてくるテオドールの顔は、欲情にまみれている。

だがその目元には薄いくまが滲んでいた。今日まで帰ってこられなかったのだから、疲れているに違いない。

（もう……もう……）

早く寝かせてあげたい。望みを叶えてあげたい。気持ちよくしてあげたい。

「……れて」

「ん？」

「も、入れて、ください……」

恥ずかしさで消え入りそうになりながらも、掠《かす》れた声でねだれば、テオドールが荒々しく唇を塞いできた。

魂までも吸い上げるような深いキスをされながら、脇の下に腕を射し込まれ抱きかかえ上げられる。

寝台の腕にあぐらをかいたテオドールの下半身を、またぐような体勢を取らされた。

肩にすがりついていなければ、力の入らない膝はすぐに崩れてしまうだろう。

「あっ！」

硬い先端が、すっかりほぐれた蜜口に押し当てられる。

逃げるように浮きかけた腰を摑まれ、テオドールの太い雄槍をそのまま一気に根元まで押し込まれた。

「んんんっああ……!!」

衝撃に背中がのけぞる。目の奥で星が弾けて、全身がしびれる。

「ルシール……ルシール……」

「っあ、あん、ああん……んんっ」

とんとんと最奥を突き上げるように腰を揺すられ、ルシールはたまらずテオドールの首にすがりつく。

自重で深い場所を穿たれ、お腹の奥が歓喜に疼いた。

隘路《あいろ》を満たす硬い剛直の容赦ない抽挿が、あっというまにルシールを追い詰める。

久しぶりのせいかテオドールの動きにも余裕がなく、最初から視界がぶれるほどに揺さぶられてしまう。

「君の中はあたたかくて……俺のが溶けてしまいそうだ」

恍惚《こうこつ》とした吐息が汗ばんだ肌をくすぐする。

下から突き上げる動きに加え、腰を摑まれ中をかき混ぜるように動かれたせいで、溢《あふ》れ出た蜜が淫猥《いんわい》な音を響かせる。

すがるように手を回した広い背中は汗ばんでいて、爪を立てようとしてもするするすべった。

「っあ……あぅ、ひっ」

愉悦で身体の力が抜け、姿勢を保てなくなる。ぐらりと傾いだ身体を、テオドールがシーツに横たえた。繫がっている部分からこぼれた愛液が、とろとろとはしたなく滴る。

仰向けになった身体はそのままに、両足を揃《そろ》えるように抱きかかえられ、再び抽挿が始まる。

激しく穿たれる度に、世界に星が飛ぶような快感が身体を突き抜けた。

「ああ、中がうねって……すごいな」

「やっ、そこぉ……」

抜け落ちるギリギリまで引き抜かれ、太いくびれが入口を刺激する。

いかないでと本能的に締め付ければ、太い幹の硬さをありありと感じてしまった。テオドールが興奮してくれている。喜びに、内壁が収縮し、新たな蜜が溢れた。

「そんなに甘えなくても大丈夫……ああ、でも、ここをこうするのは、いいね……」

「や、やっ、やっあ」

ちゅくちゅくと先端だけを抜き差しするという浅い刺激を繰り返されると、もどかしさに腰がうねってしまう。

もっと奥を満たしてほしい。身体の中を埋めてほしい。

「テオさ、ま、テオ、さまぁ」

はしたなくねだるように名前を呼べば、テオドールが短く唸って、ぱん、と腰を打ち付けてきた。

「ひぁぁぁ！」

一瞬で高みに押し上げられ、ルシールは情けない声を上げる。隘路が歓喜にうねり、テオドールの雄槍を愛撫する。

「ぐ……ああ……」

絶頂による痙攣を楽しむように動きを止めたテオドールが、獣じみた吐息をもらす。額に汗を滲ませ、きつく眉を寄せる姿は、怖いほどに美しい。

「あっ⁉」

ずっ、と浅く引き抜かれ、ずん、と奥を叩かれる。

「まって、だめ、いま、だめぇ……！」

「無理を、言う……！」

「きゃあぁ」

先ほど以上に容赦のない律動に、ルシールの身体が玩具《おもちゃ》のように揺さぶられる。

お互いの境界線が曖昧になっていくような不思議な感覚に、思考までもが蜜になって蕩けていくようだった。

「んんっうう……！」

最奥のその先、子どもを産むための器官をきゅうっと押しつぶされ、あっというまに再び高みへと導かれる。

泣きじゃくりながらルシールは何度も、もうだめ、と憐れっぽく懇願することしかできない。

「ああ、俺もだ……」

「ああっ！」

速度を増した腰の動きに、テオドールも限界が近いことを察する。

ルシールも、このときだけは慎みや理性を捨てて、一緒に高みに上がるために動きに合わせて腰を揺すった。

鋭利さを増した先端に最奥を叩くように刺激され、ルシールは言葉にならぬ嬌声を上げて喉を反らせる。

「ぐっ……！」

「はぅ……ううっうん」

勢いよく抜かれた男根の先端が、ルシールの薄い腹を叩きながら白い子種を吐き出す。

べっとりと肌を濡らす熱い滴りは、そのまま肌から染みこんで身体の中に入っていきそうなほどに多い。

「ルシール」

荒い呼吸が頬をくすぐる。

涙でぐしゃぐしゃになった顔を上げれば、優しいキスが顔中に落とされた。

汗みずくの身体で抱きしめ合いながら、お互いを労るような口づけを交わすこの瞬間だけは、この結婚が本当の結婚であるような気持ちになれた。

だが肌にはりついてる子種が冷えていく感覚によって、思考が冷静になっていく。

避妊薬を高頻度で飲むと身体に悪いからと、最近ではこうやって外に出されることの方が多い。

どうしても間に合わなかったときだけ服用している避妊薬は、いつもベッド横のチェストに入っている。

その存在が、最近少しだけ気になってしまうのはなぜなのだろうか。

（……私はどうしてしまったのかしら）

ルシールとテオドールは正しい夫婦ではない。契約によって結ばれた仮初めの関係。だから子どもを作らないのは正しい選択のはずなのに。

肌を合わせる度に、何かが心に降り積もって、ルシールを戸惑わせる。

「後始末はしておくから、もう眠っていいよ」

優しい声に、どうしてだか泣きたくなる。

テオドールの肩に頭を預けるように寄りかかりながら、ルシールは気だるさにまかせて思考を放棄したのだった。

第三章　過去と今

車輪が路面を削る音を聞きながら、ルシールは窓の外に目を向けた。

街道には真新しい緑色が増え、花の蕾《つぼみ》が色づきはじめている。

深い冬が明け、ようやく春がやってきたのだ。

（あっという間だったわね）

今日は結婚して二回目の春至祭の日だ。

王城へ向かう馬車には、ルシールとテオドールの二人だけが乗っていた。

向かいの席のテオドールは、手元の書類を見つめて眉間に深い皺を刻んでる。

結婚後から続く忙しさはあいかわらずで、昨夜も遅くまで執務室に籠もっていたのをメイドから聞かされ、いつか身体を壊してしまうのではないかと心配している。

結婚した当初はこんなにも真面目な人だとは思っていなかったのが、もはや懐かしい。

（忙しすぎて身体を壊さなければいいけれど）

真面目すぎるテオドールを案じながら再び窓に視線を向ければ、ガラスに映る自分の姿が目に入る。

この春新調したミモザ色のドレスは、大きく襟ぐりの空いたデザインということもあり最初は気後れしていたが、身につけてみればそれほど違和感もなく、逆に優しい印象を与えてくれる仕上がりになっている。

テオドールは瞳に合わせた深緑の正装姿だ。

シンプルなデザインだが、身体にぴったりと合った衣装はとてもよく似合っている。

出会った頃より精悍《せいかん》さを増した顔立ちと既婚者特有の落ち着いた雰囲気のせいか、匂い立つような色気を漂わせている。

今日のパーティでも、周囲から熱い視線を向けられるに違いない。

夫婦になって最初の社交シーズンでは、テオドールを諦めきれないご令嬢たちに難癖を付けられることが多かった。「どうしてあなたなんかと」とあからさまに攻撃されたこともあるし、別れてほしいという手紙もたくさん届いた。

ある程度覚悟していたこともあり、ルシールは持ち前の気の強さでそれらを全てはねのけ、むしろあのテオドールを勝ち得た私、という設定で社交の場を乗り切っていた。

テオドールも愛しい妻に夢中という態度を崩さず、いつだって守ってくれていたので不安を感じることもなかった。

おかげで結婚して二度目の冬を迎える頃には、周囲はすっかり静かになっていた。

今や二人は周囲からおしどり夫婦として認知されている。

あの日、偶然テオドールに出会ったことでルシールの人生は大きく変わってしまった。

バルト家では、やはりというかかなりの混乱があった。

領地運営や、金銭周りのほとんどをルシールが担っていたのだから当然だろう。

両親は、歯止め役がいなくなったからか昨年の社交シーズンでは頻繁に外出し、少額の詐欺に遭うというのを繰り返していた。

そのせいで、かなり財産を目減りさせていたらしい。

テオドールがジスランの教育者として派遣していた人材の助けがなければ、とんでもないことになっていただろうと聞かされたルシールは、その場で卒倒しかけたくらいだ。

たくさんの人たちの助けを借りて状況を立て直した両親は、ようやくこれまでルシールが家のためにどれほどの努力してくれていたかを理解したらしい。

結婚して一年経った頃、両親から謝罪と感謝の言葉が綴《つづ》られた手紙が届いた。

『これまでしっかり者のお前にずいぶんと甘えてしまっていた。すまなかった。これからはジスランのためにも努力する』

決意のこもった言葉に、ルシールはうっかり泣いてしまった。

ようやく改心してくれたという安堵と、どうしてもっと早くこうならなかったのかという憤りがない交ぜになって胸が詰まる。

いろいろと言ってやりたいこともあったが、家を助けると決めたのは他でもない自分自身だ。

ジスランが産まれるときに神に誓いを立てたのもルシールの選択。

今さら恨み言を伝えても、なんの解決もしないこともわかっている。

『私がやりたくてやっていたことです。どうかこれからは、お母様とジスランを守ってあげてください』

綴った言葉に嘘はない。

少しは嫌味《いやみ》を言ってもよかったかもしれないが、そんな気にはならなかった。

(それもこれも、全部テオドール様のおかげなのよね)

テオドールは契約の夫という立場でありながらも、ルシールのことを尊重し、いつも助けてくれている。

だからこそ、ルシールはテオドールの厚意に甘えるのではなく、自分でも何かできることを探したいと考えるようになっていた。

結婚して数ヶ月の間は公爵家での暮らしに慣れるのに必死だったが、状況が落ち着いてくるとこのままでいいのだろうかと思うことが増えた。

家族を支えるという目的を失い、どこか呆然《ぼうぜん》と過ごしていた日々に目的を持ちたかった。

何より、いずれテオドールと離婚したあとに、両親との生活を支える基盤を用意しておかなくてはならない。

　一人ぐるぐると思い悩んでいたところ、それに気がついたテオドールによって甘い尋問を受ける羽目になった日のことは、思い出したくはない。

　隠しごとは禁止だよと、約束をした覚えない内容で責め立てられ、ルシールは泣きじゃくりながら胸に抱えた不安を吐き出すことになったのだった。

「君の領地で作っている柑橘《かんきつ》類を活用した何かをはじめてみたらどうだろうか」

　事後の倦怠感から身体をシーツに沈ませていたルシールは、提案の意味がわからず大きく瞳を瞬かせる。

「活用ですか？　販路の拡大ではなくて？」

「この国では果実はそのまま販売するのが主流だけれど、輸送時に痛んでしまってだめになる場合が多くて損も多いはずだ」

　確かにその通りだ。

　箱の底で潰れた果実のせいで、運んだ量の半分しかお金にならなかった、という話も珍しくない。

「これは聞いた話だけれど、果物を乾燥させたり絞って果汁だけにしたりと加工をして販売している国もあるらしい。君の領地でもそれが可能なんじゃないかな」

　聞いたこともない話だ。

これまでは果実の木を育て、収穫をし、売りに出すことしか考えたことはなかったのに。もしそんなことが可能ならば、領民に新しい暮らしを与えてあげられる。加工した品が長持ちするようならば、一時的な不作でも収入が傾くことはないかもしれない。

「俺の方でも調べてみよう」

優しい夫の顔で微笑むテオドールに、ルシールの心臓がきゅうんと締め付けられる。

どうしてそこまでしてくれるのだろうかと問いかけたくなるが、すぐにそれは愚問だと思い直す。

必要なのは「王位に興味がないと思わせるための妻」だ。機嫌を損ねないために手を尽くしてくれているだけなのだから、と。

それからの動きはあっというまだった。

テオドールは果実を使った加工品についての資料を、方々からすぐに取り寄せてくれた。

あまりの手際の良さに驚いていれば、ジスランが成人したときにバルト家を立て直すためのプランを模索してくれていたらしい。

「後見人として当然のことをしたまでだよ」

何でもないことのように言ってのける姿に、ルシールは不覚にもときめいてしまう。

優しく有能で、非の打ちどころが見当たらない。

本当に有能な人だと感心しながら、ルシールはテオドールの気遣いを無駄にしないように、せっせと調べ物に没頭したのだった。

結果として、バルト家で作っている果物で加工に向いているとわかったのは、名産のひとつである緑色の果実だった。

皮の部分に苦みがあるため直接の食用には向かないが、搾汁の香り高さは同系統の実の中でも一級。皮が固くて厚いため長期の輸送にも強く、冷暗所で保管しておけば日持ちもすることもあり、育てている農園はとても多い。

だがどうしても華やかさに欠けることもあり、販路はかなり少ない。

果実の汁を搾って加熱すれば日持ちし、皮は蜜に漬けて炊けば保存食にすることができるらしい。

それを知ったルシールはさっそくバルト家に出向き、公爵夫人として与えられている予算から出資したうえで、新しい事業をはじめた。

最初は試行錯誤ばかりで販売に値する品質のものを生み出せなかったが、長い冬の間に職人たちがかなり頑張ってくれたおかげで、今年の春からは大量に売りに出せそうなところまでこぎ着けている。

この事業がうまく軌道に乗れば、バルト家だけではなくルシール個人にも一定の収入が入ってくるようになるだろう。

いずれテオドールと離婚したあとも、両親を養っていくことができるはずだ。

未来への安心材料があることが、こんなにも心を強くするなど知らなかった。

(だからこそ、今日はしっかりしなくては)

今日のパーティは国内外の有力な貴族たちが全て集う場だ。普段の小さな社交場とはわけが違う。

これまでルシールに難癖を付けてきたのは、テオドールに憧れを抱いたご令嬢たちばかりだった。そういう相手しか参加しないような場所を選んでいたということもあり、ルシール一人でもなんとか交わすことができたのだろう。

だが、今日はテオドールを次の王座につけることを諦めていない、高位の貴族たちが待っている。

失態や疑いを持たれることは避けなければならない。

妻としてはじめて参加した昨年のパーティは、お披露目《ひろめ》も兼ねていたためテオドールが常にそばにいてくれた。

今年はそうはいかない。

お互いに交流すべき相手は異なるのだから、おのずと別行動になってしまうだろう。絡まれたときに、上手に対処できるだろうか。

「……考えごとかい?」

呼びかけられ、ルシールは自分が俯《うつむ》いてしまっていたことに気がつく。

急いで顔を上げ、テオドールに笑顔を向けた。

「今日のことを考えていて」

「ああ……」

何を懸念しているのか伝わったのだろう。手に持っていた書類を脇に伏せたテオドールが手を伸ばして、ルシールの手をそっと摑んだ。

「もし困ったことがあったらすぐに呼んでくれ。なるべく目を離さないようにするが、何があるかはわからないからね」

「心配性ですね」

「愛する妻を案ずるのは夫の役目だからね」

片目をつむりながら愛嬌《あいきょう》のある笑みを浮かべてみせるテオドールの笑顔に、再び心臓が締め付けられる。

（もう……！）

そんなに魅力的な顔を向けないでほしいと慌てて視線を逸《そ》らす。

このところ、テオドールを目の前にすると妙な動悸《どうき》に襲われる状況にルシールは困惑していた。

完璧な外見に、才能溢れる内面。浮いた話ひとつ立てることなくルシールを妻として尊重してくれるし、肌を合わせれば愛されていると錯覚してしまうほどに優しく情熱的で、いつだって満たされて。

最初の言葉通り、テオドールはルシールを間違いなく幸せな妻にしてくれている。

そのせいか、声を聞く度に、体温を感じる度に、心が誤作動を起こしかけるのだ。

テオドールのそばにいたい。笑顔が見たい。たくさん話したい。もっと、近づきたい。

この気持ちは一体何なのだろう。名前をつけたいような、つけたくないような、もどかしさが気持ちを揺さぶる
(テオドール様は、私をどう思っているのかしら)

嫌われてはいないことはわかる。大切にしてくれている。ある程度の愛情があるのは伝わってくる。

だが、どことなく壁を感じる瞬間があるのだ。

踏み入らせてくれない一線が、確かに存在していて。

複雑な生い立ちのせいなのか、テオドールは他人を心から信頼することが苦手なのかもしれない。

兄夫婦だけが彼にとっての家族なのだろうと感じる場面に直面する度、いつも少しだけ寂しい気持ちがこみあげてくる。

自分は契約上の妻だ。時が来れば、いずれ他人になるのだから、思い上がってはいけない、これ以上を求めてもいけない。別れの日が来る覚悟は、ちゃんとできている。

このまま、穏やかに日々を過ごしていくことはできるはずだ。

こみあげてくる気持ちに蓋をするようにルシールは微笑みを浮かべたのだった。

春至のパーティはあいかわらず盛大で、圧倒されてしまう。

この日を逃せば顔を合わせることが難しい相手も少なくないこともあって、皆忙しそうに挨拶を交わしている。

（以前はただのパーティかと思っていたけど、大切な催しなのよね）

父、エドワードの名代として参加した時は心に余裕がなく、周囲の様子を把握できていなかった。テオドールの妻としてのお披露目を兼ねていた昨年も同様だ。

この場に集まる貴族たちは豊穣を祈るだけではなく、自分たちの行っている事業や産業に有益な情報を集め、新たな販路や交易を求めて交渉を行っているのだ。

少しでも己の領地の利益になる道を探そうとしている人たちの真剣な姿に、目が覚める思いだった。

何より、一番驚いたのは周囲のテオドールへの態度だ。

以前は女性ばかりに取り囲まれていた彼だったが、今年に至ってはかなり高位の貴族たちとしきりに仕事に関わる話をしている。

彼らの言葉から察するに、テオドールが関わっている国の事業はかなり革新的な行いで、期待を集めているらしい。

地位や血統、その見た目だけではなく、実力で評価されているテオドールの姿は輝いて見えた。

いつまでもそばで見ていたい気持ちはあったが、いつまでも付き添い役ばかりはしていられない。自分もテオドールに恥じないように公爵夫人としての役目をしなければ。

「私はあちらでご婦人方とお話をしてきますわ」

男性には男性の、女性には女性の戦場があるのだと暗に伝えれば、テオドールがわずかに寂しげな表情を浮かべた。

「わかった。でも何かあればすぐに呼んでくれ。決して一人になったり会場からは出ないように」

「承知しました」

心配性な夫の顔で声をかけてくるテオドールに、周囲にいた女性たちがほうと感嘆のため息を零す。

完璧な演技に苦笑いしたいのをこらえながら、ルシールは顔見知りの婦人たちの方へと向かったのだった。

すると、すぐさま駆け寄ってきた婦人の一人が、うっとりとした表情を浮かべながらルシールの手を取った。

「素晴らしい方ですわね、公爵様は」

どうやら、先ほどのやりとりを見ていたらしい。

他の婦人たちも近寄ってきて、同意するように大きく頷いた。

「私の夫など、ここに来て早々、お友だちのところに行って戻っても来ませんのよ」

「我が家もですわ。あんな風に心配されてみたいです」

口々にテオドールを褒める彼女たちに、ルシールは恥ずかしそうに頬を染めてみせる。

「夫にはいつも感謝しております。私のことをいつも支えてくれるので」

それは嘘偽りないルシールの気持ちだった。

テオドールには感謝してもしきれない。

「まあ、羨ましい」

「ルシール様は、テオドール様に愛されていますのね」

「お恥ずかしい限りです」

彼女たちから向けられる憧れに満ちた言葉に、良心が悲鳴を上げそうになる。

本当は成り行きと偶然で彼の妻に収まっただけの身の上なのだ、と。

「……ねえ皆さま、実は私、ある新しい商品を開発したんですの」

話題逸らしもかねて、ルシールはバルト家で開発した商品を紹介することにした。

「これはある果実を使った商品で、実と皮を一緒に蜜で煮ておりますの。このまま食べてもおいしいですし、紅茶に入れたり、ケーキに練り込んで使うこともできます」

「へぇ、面白いですね！」

反応は上々だった。

蜜と果実は美容にもいいという触れ込みも聞いたのか、試しに購入してもいいという声も上がり、ルシールの気持ちが一気に上向く。

(私は私にできることをしよう)

先のことを考えてもしかたがない。そう言い聞かせながら、ルシールはせっせと交流に勤しんだのだった。


ひとしきり挨拶と売り込みを終えたルシールは会場の端で喉を潤していた。

テオドールは会場の中心で、男性たちに囲まれて何やら難しい顔で話し込んでいる。

彼もまた忙しいのだろう。

以前は女性ばかりに囲まれていたとは思えない光景だと、ルシールは口元を緩める。

「もし。あなたがルシール様ですか」

「はい？」

控えめな声に呼ばれ顔を動かせば、すぐそばにルシールと同じ年頃の女性が立っていた。

「ああ、よかった。自信がなかったの。ごめんなさいね、急に声をかけて」

まるで鈴が鳴るような綺麗な声だった。

（なんて綺麗な人なの）

見るからに柔らかそうな栗毛《くりげ》。手のひらに載りそうなほどに小さなかんばせ。木苺《きいちご》色のちいさな唇と、春の空のような美しい青い瞳。触れたら折れてしまいそうに細い腕は真っ白で、思わず触れてみたくなるほどに淡く輝いて見えた。

「ごきげんようルシール様。あたくしは、フェリシー・フォールと申します」

「フェリシー様ですね。わたくしはルシール・ラクロワでございます」

お互いに軽く膝を折り挨拶を交わしながらも、ルシールはなぜ声をかけられたのかわからないでいた。

「ええ、テオドール様の奥様ですわよね」

（……ん？）

フェリシーが口にしたテオドールの名に、違和感を抱く。

だがそれが何なのか咄嗟に理解できず、ルシールは静かに言葉の続きを待った。

「どんな方なのか是非お話をしてみたかったのです」

「まあ、そうなのですか。光栄です」

「テオドール様から、あたくしのことは聞いておりますか？」

（……まただ）

二度目と言うこともあり、ルシールはようやくフェリシーの意図を察せられた。

（この方も、テオ様とお付き合いがあった女性の一人なのでしょうね）

テオドール、と呼ぶ声には独特の甘さが滲んでいた
これまでも何度か同じようにテオドールに特別な思いを抱いていた女性に声をかけられたことがある。

彼女たちは一様に、ルシールがテオドールにふさわしくないと難癖を付け攻撃的な態度を取ってきた。

だからすぐに気がつけたのだ。

しかし、このフェリシーという女性の態度はこれまでの女性たちとはすこし違う。

明確な敵意を感じないのだ。

（どういう目的かしら。フォール家といえば伯爵家よね）

フォール家は西部に広い領地を持っていることで有名だ。

数年前に大きな金脈を見つけたことで、財政はかなり潤っていると聞く。

当主はテオドールより一回りほど年上だが、公明で物腰の柔らかな人柄だと耳にしたことがあった。若い妻を迎えたと一時は自慢して回っていたはずだが、昨年の春至祭には体調を崩したからと参加していなかった。妻に夢中になりすぎたせいだろうと、誰かが揶揄《やゆ》していたのを思い出す。

（彼女がその妻なのかしら……確かにとてもお金をかけているのがわかるけれど）

フェリシーが身につけているのは、まだこの国では珍しい黄金色のシルクで作られたドレスだ。ほんの少し動くだけでその表面がキラキラと光り、彼女の美しさを幻想的なまでに引き立てている。両耳と胸元を飾るのはやはり黄金だ。

「いいえ……？」

「ああ、やっぱりですのね」

やけに芝居がかった口調で呟きながら、フェリシーは切なげに首を振って見せた。

「あの、失礼ですがフェリシー様は、フォール家の……奥様でいらっしゃいますか」

「はい。そうですわ」

静かに頷くフェリシーの表情からは、やはり感情は読み取れない。

「フォール家と我が家はあまり交流がないとは聞いていたのですが、テオドール様とは以前から？」

「ええ。私の生家はオリオル伯爵家ですの」

聞き覚えのある家名に、ルシールはフェリシーの素性をようやく理解した。

オリオル伯爵家は建国から続く名家で、数代前には王女が降嫁しているため王家との関係も深い。テオドールと交流があってもおかしくはないだろう。

国王マルセルが若くして即位した際も、後ろ盾としてかなり活躍していたはずだ。

各種産業に出資することで財産を殖やしてきた大金持ちでもあり、政治経済でもかなりの権力を握っている。そのせいか、裏ではかなりの悪事に手を染めているというやっかみ半分の噂もあるほどだ。

（どちらにしても我が家には無縁だけれど）

オリオル伯爵家が出資するのは製造業や建築に関わる二次産業だ。田舎で果実を作るしかないバリエ家とは関わることがなかった。テオドールが今進めている事業には縁があるかもしれないが、これまで彼の口から名前を聞いたことはない。

「テオドール様にはとてもかわいがっていただきました」

「そうなのですね」

相づちをしながら、ルシールはフェリシーが声をかけてきた意図を計りかねていた。

会話の内容からして、彼女はテオドールに未練がある女性とは少し違うのは間違いない。家族のように付き合っていたから、ルシールがテオドールの妻にふさわしいのか試しにでも来たのだろうかとも思ったが、それにしては妙に湿度を感じる。

こちらを見つめる青い瞳が怪しく煌めいている。

「実はルシール様に直接お伝えしたいことがあって」

「私にですか？」

「ええ。テオドール様はたぶんお伝えしないでしょうし、もし他の方からお聞きになったらショックを受けてしまうかもと思って」

「はあ……？」

なんだか嫌な予感がする。

彼女から話を聞いてはいけないと思うのに、その場から足が動かなかった。

「あたくし、テオドール様の婚約者でしたの」

ぐわん、と頭の芯が揺れたような気がした。指先から血の気が引き、身体がぐらりと傾ぐような錯覚に襲われる。

つとめて平静を装い、すう、と口の中で短く深呼吸をした。

「そう、だったのですね。知りませんでした」

本当だった。テオドールに婚約者がいたなんて噂を耳にしたことすらない。王族の婚約であれば、かならず周知がされ、皆に情報が共有されるはずなのに。

「内々の婚約でしたから。知っている人は知っている、というものですわ」

「内々の？」

「ええ。テオドール様は庶子のお生まれでしょう？　ですから、婚約者が決まったと発表したら、いらぬ諍《いさか》いが起きるかもと伏せられていたの」

当時を思い出しているのか、フェリシーがうっとりと目を細める。

笑みを浮かべる口元はふっくらとしていて、お菓子のようだとルシールはぼんやりと考える。

そうでもしないと、笑顔を保っていられなくなるような気がしたからだ。

「我がオリオル伯爵家が彼の後援者となれば、庶子であっても貴族たちも無下にはあつかえないでしょうから」

本来ならば庶子は王族とは認められない。そこを押して引き取った当時は、いろいろな問題があったのだろう。

肩身が狭い思いをせぬように、地位ある家門の娘と婚約することは確かに理にかなっている。

「私たちは共に過ごすうちに、お互いを想い合う仲になったのです」

想い合う仲。

頭の中で反芻《はんすう》した言葉の意味が一瞬、理解できなかった。

動揺を悟られぬように、表情を崩さずにいるのが精一杯だ。

「夢のような日々だったわ。素晴らしい夫婦になれると信じていた。でも、テオドール様は臣籍に下られてしまった」

ああ、と演技がかった仕草で目元を押さえる仕草までもが美しい。

「公爵になった彼との婚約を、父は許してくれなかった。臣籍降下などしないでほしいと私は願ったのだけれど、彼はね、陛下の立場を盤石にするためだから許してほしいと、わたくしに涙ながらに謝ってくれたの」

彼、とまるで特別な関係だと匂わせるような発言が頭の中をざらりと撫でる。

「それからよ、彼が女性限定の博愛主義者なんて呼ばれはじめたのは。きっと、わたくしとの愛を忘れるためだったのね……」

己の世界に浸るように遠くを見つめるフェリシーの横顔に、相づちを打つこともできない。

ルシールはテオドールと出会った日のことを思い出していた。

あの時、彼は冗談めかしてではあったが確かに口にしていた。『愛する人以外と結婚しても、幸せになんてなれない』と。

（この人をずっと想っていらっしゃったということ……？）

フェリシーと結婚できなくなったことで、恋愛を諦め、特定の相手を作らなくなった。

確かにつじつまは合うだろう。

「だから妻を迎えたと聞いたときはとても驚いたわ。テオドールは絶対に結婚なんかしないって言っていたのに」

ひた、と青い瞳がルシールを見据えた。

吸い込まれそうに美しいその色に、ルシールは妙な既視感に襲われる。

「でも、あなたを見てすぐにわかった。あなたは、わたくしの代わりだったのね」

瞳に哀れみが混じった。痛ましいものでも見るように眉を寄せて、緩く首を振る動きはやけに思わせぶりで、苛立ちが募る。

耳の奥で心臓の音が大きくこだましていた。

「テオドール様は、あなたの瞳にわたくしを見つけてしまったんだわ……」

この国では青い瞳を持つものは少ない。特にルシールやフェリシーのような明るい青は珍しく、印象的だと言われることも多い。

はじめて二人で過ごした夜、テオドールはこの瞳を美しいと褒めてくれた。

そんなわけないと否定したいのに、ひりついた喉が言葉を発することを許してくれない。

「わたくしとテオドール様の関係を知る人は、それに気がついていると思うわ。だから、皆さんあなたに親切なの。もし他の誰かからそれを聞かされたら、傷つくでしょう？　わたくし、直接お詫びしたかったの。ごめんなさいね、ルシール様」

無邪気に、だけれど残酷にフェリシーは小さく腰を折る。まるでテオドールのためにそうするのが自分の義務だとでもいうように。

足が鉛のようにずんと重くなって、その場から動けなくなってしまった。

「彼は今でもわたくしを愛している。そしてわたくしの心も、いまでも彼だけのものなの。忘れないでね」

完璧なまでに可憐な笑みを浮かべてから、フェリシーは静かに踵を返した。

言いたいことは言い終えたとでもいうような軽やかな足音が、冷たく耳の中でこだまする。

（……なんなの）

フェリシーの言葉を信じる根拠は何もない。

これまでだって、かつてテオドールに愛されていたと豪語する女性たちと対峙《たいじ》してきたのだ。彼女たちが経験した甘い体験を聞かされても、ルシールはなんとも思わなかった。そんな過去があったのねと余裕で微笑めた。

だってルシールは彼女たちの仇《かたき》ではない。契約で妻に収まった存在なのだから。

なのにどうしてこんなに心が揺さぶられるのか。この場から逃げ出したいほどの屈辱に襲われなければならないのか。こみあげてくるこの感情は何なのだろうか。

「っ……」

ルシールは静かにその場から歩き出した。

表情を崩さず、足取りに動揺を滲ませず、テオドールの妻として恥ずかしくないように、平静を取り繕って。

なんとか休憩室まで辿り着いた瞬間、全身から力が抜け、その場にしゃがみ込む。

ほろっと、涙が溢れた。

「私……」

身代わりだと告げられた瞬間、信じられないほどの衝撃を受けた。

別れの日が来ても、笑顔で受け入れられると思っていた。

それは、自分がテオドールの特別だと信じていたから。

でも、自分の気持ちに気がついてしまった。

フェリシーが告げた言葉が真実か偽りかなんて関係ない。

いつかテオドールが、ルシールではない誰かを愛する日が来る可能性に傷ついてしまった。

この感情に、名前を付けるつもりなんてなかったのに。

恋をしてしまうつもりなんてなかったのに。

「っ……」

自分は馬鹿だ。条件につられて結婚をして、なんとかなると高をくくって。

こんなことならどんなに苦労をするとわかっていても、契約なんてしなければよかったのに。

震える身体を抱きしめながら、ルシールは止まらなくなった嗚咽《おえつ》を噛みしめたのだった。


（ルシールはどこだ……？）

広いパーティ会場を視線だけで見回しながら、テオドールは油断すれば苛立ちに歪んでしまいそうな頬を必死に引き締め、作り笑顔で塗り固める。

周囲を囲む人々は、あいかわらず上辺だけの言葉でテオドールを褒めそやし、少しでも恩恵にあずかろうと必死なのが伝わってくる。

（早くルシールの元に行きたいのに）

人当たりが良いだけの、無欲な存在であることを印象づけ続けてきたのに、今更ボロを出すわけにはいかない。

（俺はあくまでも、ようやく任せられた仕事が楽しいという設定だからな）

結婚を機に、外交に関わる役職をまかされたテオドールは忙しい。

友好国との協定の調整や、輸出入にまつわる税金の調整など、仕事は多岐にわたる。

以前から考えていた、隣国から医師団を招く準備も着実に進んでいた。

（この国の古い医療を早く立て直さなければ）

オラリオ王国は歴史が古いことが災いして、医療に関してはまだ民間療法が主流だ。

資格を持った医師もいるが、数は少ないし、薬や器具も足りていない。

隣国の発展した医療を持ち込めば助かる命もたくさんあるはず、というのが政策を推し進める立て前になっていた。

その志に嘘はないが、それ以上にテオドールはある事情から隣国の医師を合法的にこの国に招きたいと考えている。

そのためならば多少の無理はするつもりでいたが、まさかこんなにも忙しい日々が続くとは思わなかった。

(くそっ……せっかくルシールと結婚できたというのに)

頭に浮かぶのは、いつだって明るい笑みを向けてくれるルシールの姿だ。

夏空のような青い瞳は美しく、叶うならば一日中だって見つめていたいほどに好ましい。

いますぐ柔らかな赤毛に顔を埋めたいし、小さな唇に吸い付きたくてたまらない。

今日だって、この会場に向かう馬車の中で何度その身体を組み敷きたいと思ったことだろうか。

(俺がこんな気持ちでいるなんて、ルシールは想像もしていないだろうな)

自業自得だと、テオドールは心の中で苦笑いを零した。


テオドールのもっとも古い記憶は、子ども部屋のクローゼットで膝を抱えている場面だ。

真っ暗で狭い安全な小箱。

子どもの頃は、いつもそこで寝起きしていた。

「どこにいるの！　出ていらっしゃい！　出なければ、お前のメイドをぶつわよ！」

母レミリアのヒステリックな声に、テオドールは身体をこわばらせる。

出て行けば、きっとまた酷い扱いを受けるのだろう。

食事を抜かれ、大声でどなられ、服の上から肌を抓《つね》られる。

だが、それ以上に自分のせいで誰かが傷つけられるのが恐ろしい。

クローゼットから抜け出し、テオドールは眦を吊り上げたレミリアの前に姿を現す。

黄金色の髪をした美しくも恐ろしい女。

それがテオドールが母親に抱く感想だった。

愛してほしいという欲求はとうに捨てていた。レミリアがテオドールを見る瞳には憎しみしか宿っていない。

もっと小さい頃は「お母様」と必死にすがっていたこともあるらしいが、もはや記憶は曖昧だ。気まぐれな優しさを期待したら、裏切られたときの苦しみが倍増することだけはしっかりと覚えている。

失望の積み重ねが母への愛情を枯渇させていた。

「どうしてすぐに出てこないの！」

「ごめんなさい」

「なぜすぐ謝るの！　あなたは王子なのよ！　軽々しく謝罪を口にしないで」

「はい」

「ああ、可愛くない可愛くない！　なぜもっと陛下に似なかったの！　お前が陛下に似ていれば、私は王妃になれたのに！」

またはじまった。

無感動な心に浮かんだのは、お決まりのセリフしかはけないレミリアへの呆《あき》れだ。

レミリア曰《いわ》く、彼女が国王に捨てられたのはテオドールが国王に似なかったかららしい。

不貞を疑われ、疎遠になったと喚《わめ》く母の姿は醜い。

きっと父である国王はこの姿が嫌だったのだろうな、と幼いながらにテオドールは理解していた。

「すました顔をして！　憎らしい！」

どん、と強く肩を押され身体がよろめく。

昨日から何も食べていないせいで身体に力が入らず、テオドールはそのまま床に座り込んでしまう。

無様なその姿に少し溜飲が下がったのか、レミリアは肩で息をしながらも口の端を吊り上げ乱れた前髪を整える。

「まあいいわ。私は出かけてくるから決して部屋から出るんじゃないわよ。もし王家からの使いが来ても、熱が出ているから会えないと言いなさい」

「はい」

王族の血を引くテオドールの元には、定期的に王家からの使いがやってきていた。

何ごともなく生活しているかを確かめにきている使者は、テオドールが生きてさえいればいいと考えているのだろう。

何を尋ねることもなく、ほんの数分顔を合わせるだけでいつもすぐに帰っていく。

父である国王にとって公妾が産んだ息子などどうでもよいのだ。外聞が悪くないように、死んでいなければ問題ないのだろう。

母からは憎まれ、父からも捨てられた自分には何の価値もない。

テオドールはそう信じていた。

その現実が大きく変わったのは、十三歳の春のことだ。

突然、大勢の騎士たちがレミリアの屋敷に押しかけてきて、テオドールをクローゼットから連れ出した。

連れて行かれたのは王城で、引き合わされたのは国王である父だった。

父は寝台で枯れ木のように痩せ細り、ただ生きているだけの状態。

しかし不思議と恐ろしいとは思わなかった。

なぜなら父は、テオドールと同じ緑色の目から涙を溢れさせていたからだ。

「すまないテオドール。すべては私のせいだ。これからは、どうか穏やかに暮らしてくれ」

何を謝られているのかちっともわからず、何も返事ができなかった。

テオドールは今でもそのことを少し悔いている。

なぜならその言葉がテオドールが父に与えられた、唯一のものになってしまったから。

ようやく再会を果たした翌日、国王はひっそりと息を引き取った。何もかもが突然で、泣くことも悲しむこともできなかった。

それからテオドールは、城の離宮で暮らすことになった。隠れる必要もなく、食事を抜かれることもない、静かな暮らし。

頻繁に訪ねてくる兄と名乗る青年と、その妻だという義姉は何かとテオドールの様子を見に来ては、やさしく声をかけてくれる。

「私たちは家族になったんだよ、テオドール」

最初は二人が何を考えているのかわからず不気味でしかたがなかったが、過ぎる日々の中で二人が本当にテオドールを想ってくれることを理解できるようになった。

国王がテオドールを遠ざけたのは、母親から引き離したくなかったからだと教えられた。

まさかレミリアが、それを逆恨みしてテオドールを虐げているとはまったく知らなかったのだ。

様子を見に来ていた使者は、レミリアから余計なことをしないようにと袖の下を握らされていたことがわかった。事実が露呈したことで、使者は処刑されたという。

レミリアはまとまった金と王都の屋敷を与えられ、二度とテオドールに近づかないことを誓わされたそうだ。

愛情深い兄夫婦のおかげで、笑うことや、怒ること、悲しむことも覚えた。

穏やかな日々を与えてくれた感謝を、どうにかして兄たちに伝えたかったが、テオドールはその術《すべ》がわからずもどかしかった。

季節の変わり目になれば、かならず体調を崩し寝込んでしまう自分の弱さにも腹が立った。

幼少期に正しい成長ができなかった身体はあちこちが弱っており、些細な変化に対応できないのだという。

国内の医術では治しきれないという判断が下され、十五歳になっていたテオドールは医学の優れた隣国で静養することが決まった。

（治療というのは立て前で、俺は見捨てられたんだ）

テオドールは不安に押しつぶされそうだった。

医者や看護師に当たり散らしたこともあったし、夜は涙で枕を濡らしたこともある。

心の問題なのか治療は遅々として進まず、帰国のめども立たない。

兄たちから届く手紙には早く会いたいと書かれているが、それを信じられなくなっていく。

（このまま一生、この薬臭い場所から出られないんだ）

幸せを知ってしまったテオドールは、生まれてはじめての孤独に苦しんでいた。

「何をしてるの？」

どうせ効果はないのだからと治療から逃げ出した昼下がり。

病院の中庭で寝そべっていたテオドールは、突然降ってきた声が自分に向けられたものだとは気がつかなかった。

「ねえ、きいてる？」

少しだけ拗《す》ねたような声音に驚いて周りをみれば、赤毛を三つ編みにした小さな女の子が立っていた。

気の強そうな青い瞳が印象的で吸い込まれそうだ。こんなに綺麗な青は生まれてはじめて見たと、目が離せなくなる。

「お兄さんもここで病気を治してるの？」

女の子は返事をしないテオドールに臆することなくどんどん近づいてくる。

自分より年下。しかも女の子なんて相手にしたことがないテオドールは、どうすればよいかわからずその場で固まってしまう。

「私、ルシールっていうの。あなたは？」

「…………テオ」

王族であることは周囲に隠していることもあり、この場所ではテオと名乗っていた。

ルシールと名乗った少女はふうんと興味なさげに返事をすると、テオドールの横に腰を下ろす。

「テオはどうしてここにいるの？」

「……お前には関係ないだろう」

「私はお母様に付き添ってきているの」

素っ気ない返事をしたのにもかかわらず、ルシールは一人勝手に喋っている。

（なんだこいつは）

はじめて接する未知の生き物をテオドールはまじまじと観察した。

小柄なのに、しっかりとした顔付きのせいかあまり幼くは感じない。

小さな唇は木苺みたいに赤くて、なぜだか触れてみたいと思ってしまう自分がいた。

「あのね、お母様のお腹にはね、弟か妹がいるの。もうすぐ生まれてくるんだって」

「……ふうん」

気がついたときには返事をしていた。

立ち去るのは簡単だったが、なぜだかルシールと喋ってみたくなったのだ。

「私ね、兄弟がほしかったんだ。だって、一緒に遊べるでしょう。無事に産まれたら絶対に大事にするの。仲良くなって、毎日一緒に遊ぶのよ」

頬をほんのりと染め、語るルシールの横顔は愛らしくて、目が離せなくなる。

この場所に来てずっと凍り付いていた心臓が、わずかに脈打ったような気がした。

「……なんで、まだ会ったこともない兄弟になんでそんなに期待できるんだ」

気がついたときには尋ねてしまっていた。

それはテオドールがずっと兄に対して抱いていた疑問だったからだ。

ずっと離ればなれに暮らしていた。血の繋がりも半分だけ。

兄は王妃の子で正当な王太子。

かたやテオドールは公妾の子で、本来ならば王族として扱われる立場の人間ではない。

考えれば考えるほどに、なぜあんなに兄が自分に親身になってくれるのか、テオドールはわからなくなっていた。

挙げ句の果てに遠く離れた異国に送られて。

「都合のいい玩具だと思ってるんじゃないのか」

「そんなことないわ！」

「！」

ルシールが声を張り上げ、青い瞳でまっすぐにテオドールを見つめた。

「これから一緒に暮らす大切な存在なのよ。大事にしたいと思うのは当然だわ。会ったことなんてなくてもわかるの。きっとかわいくて愛しくて大切な存在になるわ。苦しいときや悲しいときは。だって、家族なんですもの」

家族という言葉に、テオドールは笑いかけてくれた兄の顔が思い出される。胸の奥がずんと苦しくなり、目の奥が痛んだ。

「……俺の家族とは違うな」

「そうなの？」

「俺は病気だからと一人でここに送られた。忙しいから顔も見に来ない。きっと俺が邪魔なんだ」

ずっと言えなかったことを口にしたせいで、押し殺していた感情がせり上がり瞳に涙がにじんでしまう。

不安でたまらなかった。病が治って帰国したとき、もうテオドールの居場所がなくなってしまったらどうしようと。

もう愛してもらえないんじゃないかと。

「そんなことないわよ」

「なっ……」

小さな手がテオドールの膝に触れた。

あたたかく柔らかな感触に、身体が震える。

「テオは知らないの？　ここに来るのはすごく大変なのよ。お父様がすごく手を尽くして、ようやくお母様はここに来られたの」

「そうなの、か」

「私の国ではお母様と赤ちゃんの命が助からないかもしれないんだって。だからここに来たの。テオもでしょう？」

反論できず頷けば、ルシールは満足げに胸を反らせた。

「本当はお父様も一緒にここに来たかったんだけど、お仕事があるから難しいってお家に残ってるの。きっと寂しがってるだろうから、私は毎日手紙を書いているのよ」

「……！」

そんなこと考えもしなかった。

定期的に届く手紙を受け取るばかりで、返事などしたことはなかった。

家族のことを語るルシールがただ眩しくて、テオドールは瞬きすら忘れてしまう。

「あなたの家族も、きっとあなたが大切だからここに来させたのよ。あなたに元気になってほしいに決まっているわ」

「そう、かな」

「そうよ！」

なんのためらいも迷いもないルシールの言葉に心が軽くなった。

「ねえテオ。私とお友だちになってよ」

ルシールが瞳を輝かせて顔を寄せてきた。

ふわりと香る甘い匂いに、くらりと目眩がしそうになる。

「あなた、病気の人にしては元気そうだし、暇なんでしょう？」

「はぁ？　お前、失礼な奴《やつ》だな」

「明日もここに来るわ。お話ししましょうね！」

テオドールの返事を待たず、ルシールは立ち上がると現れたときと同じようにその場から去っていく。

取り残されたテオドールは、夢でも見たような心地で動けないでいた。

そして、翌日。

ルシールは本当にやってきて勝手に喋りはじめる。

彼女は明るくて、優しくて、まっすぐな女の子だった。

母親の病のこともあるからか、まだ十歳なのにどこか大人びており、時にテオドールよりもしっかりとした考えを口にすることもあった。

会話をしていても無理な質問をしてくることもなく、ありのままを受け入れてくれる。

父親に手紙を書くというルシールに付き合った流れで、兄に手紙を書くこともできた。

手紙を送った日は興奮して眠れなかった。

数日後に届いた返事には、手紙を本当に喜んでくれる文面が書かれていて、テオドールは情けなくも泣いてしまった。

こんなに簡単なことだったのかと驚いた。

ほんの少し、歩み寄るだけでよかったのだ。

それをきっかけに、テオドールの体調はどんどん良くなった。

病弱さの原因は、生来の虚弱体質ではなく、栄養不足で身体が育ちきれなかったことが原因だとわかり、たくさん食べて眠って遊ぶようにしたことですぐに健康になった。

ルシールはそんなテオドールの回復を喜び、褒めてくれる。

それが誇らしくて嬉しくて。

いつしかテオドールにとって、ルシールはかけがえのない女の子になっていた。


「もう、国に戻られても大丈夫ですよ」

医師からその診断を聞かされたとき、テオドールが感じたのは嬉しさより戸惑いだった。

(国に戻る？　じゃあ、ルシールと別れなきゃいけないのか？)

ここに来たときはあんなにも恋しかった兄夫婦に会えることよりも、ルシールと会えなくなるという現実に打ちのめされそうだった。

いつもの庭園になかなか行けず、せめて手紙を書こうと思ってもうまく言葉が見つからない。

そうやってずるずると過ごしている間に、とうとう帰国の日が来てしまった。

意を決してルシールに会うために、教えられていた滞在先の屋敷をはじめて訪れた。

どう呼び出すべきかわからず、テオドールは門の前で長いこと立ち尽くした。

（やはり帰ろう）

会ったところで、何を言うべきなのかわからない。

そう思って踵を返した瞬間、テオドールは門の先に見える庭先に立つ女の子の背中を見つめた。

（ルシール！）

声をかけようと無断で門をくぐり、その背中に近づく。

「ル……」

「……ぐすっ……」

聞こえてきた音に、テオドールは動きを止める。

（泣いてる……？）

背中を震わせ、細い腕で両手を隠すようにして、ルシールは声を殺して泣いていた。

「おかあさま……」

震える声に滲んだ悲しみと不安。

テオドールの心臓が何者かに掴まれたように痛む。

泣かないでと言ってあげたいのに、言葉が喉にはりついて喋られない。

震える身体を抱きしめてあげたいのに、足が地面にくっついて動くことができない。

(俺は馬鹿だ)

気がついたときには、テオドールは地面を蹴ってその場から逃げ出していた。

これまでずっと、ルシールの優しさに甘えていたことに気がついてしまったからだ。

ルシールだって、母親の無事をずっと案じていたはずなのに。

気の利いた言葉ひとつかけず、自分のことばかりだった。

年上なのに。男なのに。情けなくて恥ずかしくて。会わせる顔がない。

(強くならなきゃ)

これまで流されるままに生きてきたテオドールは、はじめて変わりたいと思った。

ルシールに恥じない大人になって、今度は彼女を支えてあげたいと願った。

結局、ルシールになんの挨拶もせずにテオドールは帰国の途についた。

迎えに来た使者に頼んでルシールが自国の男爵令嬢であることだけは調べてもらい、いつかかならず挨拶に行こうと心に決めた。

定期的に彼女がどうしているか調査をして、困ったことはないか、苦しんでいないかと確認していた。

母親が無事に出産を済ませ、弟も元気に育っていると知ったときは我がことのように嬉しかった。

ルシールが家族と幸せに生きている。それがテオドールの心をどれほど支えたことか。

健康になったテオドールは、昔のひ弱だった頃が嘘のようにたくましく成長することができた。

勉強だって武術だって、誰にも恥じないように必死で取り組んで、いつかルシールに再会したときにたくさん話せるようにと社交だって積極的にこなすようになった。

そのせいで、周囲から「いずれは王座に」と望まれるようになっていたことだけは誤算だった。庶子である自分が王座になどつけるはずもない。

何より、テオドールは、結婚するつもりも子どもを作るつもりもなかった。

母であるレミリアにはどこまでも憎まれ、父には死の間際しか会えなかった自分に、愛のなんたるかがわかるはずもない。だれかの夫になる資格も、人の親になる資格もない。

国を治めるなどもってのほかだ。

だが、権力を求めるあさましい人間はどこにでもいる。

その筆頭がオリオル伯爵だ。娘のフェリシーを、テオドールの婚約者にと押しつけてきたのだ。

オリオル伯爵はテオドールの父であった先代国王の時代から政治に関わっており、若くして即位した兄をかなり手助けしてくれたらしい。だが、政策に口を出すようになってからは雲行きが怪しくなった。加えてあらゆる事業で大きな権力を握るようになったのだ。彼の周りでは病気や事故が頻発し、黒い噂も跡を絶たない。政権から遠のけようとしても、実績から完全に排除することは難しい。

これで王族と姻戚になれば何をするかわからないと、兄は婚約を断っていたそうなのだが、かつての功績を盾に強引に婚約が結ばれた。幸いだったのは、政治的なバランスを考え公式な発表は成人まで待つという約束が交わされていたことだろう。

大人たちの思惑にまみれた中で顔を合わせたフェリシーは、人形のように美しい少女だった。透き通った青い瞳にルシールを思い出したテオドールはほんの少しだけ気を許してしまった。もしかしたら、よき夫婦になれるかもしれないという淡い期待が思い浮かんだ。

だが、それはすぐさま打ち砕かれることになる。

『陛下に御子《みこ》ができなければ、私たちの子が未来の国主になれるんですって』

無邪気に微笑むフェリシーの言葉に、テオドールは吐き気を催した。見た目は完璧に整えられていても、その中身は醜悪なけだものだ、と。

それからも、顔を合わせる度に言葉の端々に欲望を滲ませるフェリシーのおかげで、オリオル伯爵が主導してテオドールを次期国王にと推す動きがあることを知り、成人を前に臣籍へ下る道を選んだのだ。

公爵位には価値がないと踏んだのか、オリオル伯爵はすぐに二人の婚約を解消し、フェリシーを国王の公妾に推薦したという。だが、マルセルはそれを拒否したらしい。

結果として、フェリシーは当時、領地に金脈を掘り当てたデフォール伯爵家に嫁いだ。

ある意味では、そのわかりやすさに感謝はしている。

この先はどんな婚約もせず、一生独り身でいるつもりだと兄夫婦にだけは打ち明けたが、彼らはそんなテオドールを優しく諭してくれた。

「今は無理でも、いつか一緒に生きたいと思える女性に出会えるはずだ。そのときにもう一度考えてみればいい」と。

そんな相手などできるはずがない。

そう高をくっていたテオドールの決意を打ち壊したのは、やはりルシールだった。


二年ほど前、王城で開かれている舞踏会にルシールが参加しているという情報を仕入れたテオドールは、ようやくやってきた再会の機会に心を躍らせていた。

かつての『テオ』が、王弟であると知ったらルシールはどんな顔をするだろうか。

驚くだろうか。秘密にしていたことを怒るだろうか。

どんな反応だったとしても、ルシールとならきっとまたよい友人になれる。

浮き立つ気持ちを押し隠し、王弟とバレぬように変装をして舞踏会に紛れ込んだ。

ルシールを見つけたら、彼女の前だけで正体を明かすつもりだった。

（どこだルシール）

広い会場を歩き回っていたテオドールの前に、光に包まれた令嬢が現れた。

誇張などではない。

たくさんの人がいる舞踏会のその会場の中、彼女だけが淡く輝いていたのだ。

不思議なことに周りは誰も彼女の輝きに目を留めようとしない。

どうしてだ。あんなに美しいのに。

赤毛を緩やかに結い上げ、気の強そうな青い瞳で会場を興味深そうに見渡す、凛々しくも愛らしい顔立ち。

春の空を切り取ったような鮮やかな水色のドレスに包まれた華奢《きゃしゃ》な身体。

（ルシール？）

すぐにわかった。その光こそがルシールだと。

心臓が勝手に高鳴り、顔や耳が熱くなる。

ただじっと立っていられなくなって、転がるように逃げ出してしまった。

幼い頃はただ愛らしいだけだった少女が、美しい女性となっていたことに動揺しただけだと自分に言い聞かせてみたものの、目を閉じる度にルシールの姿が浮かんでしまう。

数日間まともに食事を取ることすらままならなくなり、心配した兄夫婦に呼び出されたテオドールは正直に事情を説明した。

数年ぶりに再会した友人が美しい女性に成長していて驚いた。頭から離れず、考えまいとしても考えてしまう、と。

顔を見合わせた兄夫婦に「それが恋というものだ」と指摘されたテオドールは、そんな馬鹿なと一度は否定したが、結局は認めるしかないことを思い知らされた。

なぜなら、兄からルシールには婚約者がいると教えられたからだ。

その瞬間に感じた絶望は、言葉には表すことができないほどに深かった。

今となっては思い出したくすらない。

初恋の自覚と共に訪れたはじめての失恋は、テオドールの恋愛観すら変えてしまった。

結婚だけではなく、恋すらしない、と。

手に入らなかったときの悲しみや、いずれ訪れる別れにきっと次は耐えられない。

王座を継ぐに値しない人間であることを示すために、あらゆる女性たちと過ごし、彼女たちの恋愛相談に乗るようになってからは余計にその考えに拍車がかかり、歯止めがきかなくなった。

恋は冷めるものだし、愛は移ろうものだ、と。

深入りをしない代わりに、広く浅く、女性たちの心を軽くする都合のいい男を演じ続けた。

いつしか女性限定の博愛主義者などと呼ばれるようになっていた。

(本当に話を聞いてあげたかったのは君だけだったんだよ、ルシール)

あの日、泣いていたルシールに何も言えなかった自分から変わりたかったのに。

本当に優しくしたい女の子には何もできないまま、無気力な月日が積み重なった。

きっとこのまま人生を終えるのだとすら思っていたのに。

(あの日、ルシールがまた俺を助けてくれたんだ)

春至祭で偶然見かけたルシールの姿に動揺したテオドールは、気が付いたときには彼女を追いかけて会場の外に出ていた。

そこでテオドールを持ち上げようとする貴族に捕まってしまったのだ。

どう振り切るべきか迷っていたその瞬間、まるで春風のようにルシールが現れ、その場から連れて逃げてくれた。

(俺のことはすっかり忘れていたようだけれど)

成長したルシールは「テオ」という友人がいたことさえ覚えていないようだった。十年も昔の話だ。しかたがないことだろう。

むしろ、あの情けない少年時代を思い出されるよりも、今の見違えた自分を知ってほしいという思いが勝った。

これからまた、善き友人になれるかもしれないという淡い期待が胸を焦がしたほどだ。

だが、ルシールから聞かされたのは予想外の現実だった。

（まさか婚約破棄をしていたなんて）

結婚の知らせを聞くのが嫌で、ルシールについての調査をやめていたことが仇になるなんて考えもしなかった。

もっと早くに知っていれば、もっと違う形でルシールを手に入れられたかもしれないのに。

（……どちらにしても結果は同じだったろうけど）

言いくるめるようにして強引に結んだ契約に、本当は意味なんてない。

どんな形でもルシールと結婚したかった。

両親や弟のために自らを犠牲にすることを厭わない、まっすぐで優しいルシールに、テオドールは二度目の恋をしてしまったのだ。

優しく情に厚い彼女のことだ。一度夫婦になってしまえば、きっと自分に心を傾けてくれる。

それがテオドールと同じだけの重さでなくても構わない。

友情や親愛という形でもいい。少しでもルシールが自分を大切に思ってくれたなら、そこにつけ込んで、この結婚を本物に変えてみせる。

（こんな俺の本性を知ったら君はどう思うんだろうね）

本当は毎日だって愛を囁きたいし、抱き潰したい。

テオドールなしでは生きられない身体にしてしまいたい。

暗く閉ざされていた世界を変えてくれた愛しい奇跡を、永遠に自分だけのものにできたらどれほど幸せだろうか。

（でも、まだだ）

ルシールに気持ちを思い知らせるための地盤を、完璧にしなければならない。

今はそのための大切な準備期間にすぎない。

ともすれば溢れ出しそうな恋心を、これまで培った紳士の仮面で必死に隠す自分の滑稽さに時々空《むな》しくなる。

もっと素直にまっすぐな愛を注ぎたいと思うのに、もしそれを拒まれたらと思うとあと一歩が踏み出せない。

こんなに愛しいのに。ままならなさに、テオドールは歯がゆさを噛みしめていた。


「ラクロワ公爵閣下？」

名を呼ばれ、テオドールは我に返る。

周囲の人々が心配そうにこちらを見ていることに気がついた。

どうやら何度も話しかけられていたらしいが、ルシールのことを考えるあまり意識を飛ばしていたようだ。

「ああ、すまない。少し考えごとをしていたんだ」

「そうでしたか。閣下はお忙しくしておいでですからね。取り組まれている医療改革は、すでに市井でも話題になりつつあります。きっと、この国は大きく変わることでしょう」

「ああ」

明るく期待に満ちた彼らに、テオドールは微笑みかけながらも、わずかな罪悪感がこみあげてくる。

テオドールが医療の発展を望むのは、決して国民のためだけではない。その裏にあるのは個人的な欲求だ。

「そういえば奥様はどちらに？　是非ご挨拶をさせていただこうと思ったのですが、先ほどからお姿が見えないようで」

「なんだと？」

思わず鋭い声が出てしまう。

会場を隅々まで見回せば、確かにルシールの姿はどこにも見えない。じわりと背中に嫌な汗が滲む。

（あれほど気をつけるように言ったのに）

未だにテオドールを王座に就けることを諦めていない貴族にとって、ルシールは一番の障害だ。

もし悪意を持った人間に拐《かどわ》かされでもしたら。危害を加えられていたら。

「すまない。妻を探してくるよ」

「え？　公爵閣下……？」

戸惑いの声を上げる周りを無視し、テオドールは大股で会場の端へと向かう。

人混みに疲れたのかと、壁沿いに並べられた椅子や窓から見えるバルコニーを探したが、どこにも姿は見えない。嫌な予感に、胃の腑《ふ》がきゅうっと締め付けられた。

とにかく会場の外も探させなくてはと、従者を呼ぼうとしたときだった。

「テオドール様！」

ふわりと視界の端をかすめた青い瞳に弾《はじ》かれたように振り返る。

「ルシール!?」

よかった、と安堵しかけるが、そこに立っていたのは会いたくもない人物だった。

「ごめんなさい。ルシール様でなくて」

フェリシー・デフォール。オリオル伯爵の娘にして、かつての婚約者の姿に、テオドールは眉間に皺を寄せた。

あいかわらずの美しさではあったが、感情の乏しい青い瞳はガラス玉のようにしか見えない。本物を知った今、この青が偽物だというのがよくわかる。

「……これは、失礼した。お久しいですね、デフォール伯爵夫人」

わざと今の肩書きで呼んでも、フェリシーの表情は崩れない。

「あら。わたくしたちの間にそのような堅苦しい挨拶は不要ですわ。本当はずっとお会いしたかったんですよ」

じわりと距離を詰めてくる馴《な》れ馴《な》れしい態度に気分が悪くなる。

彼女は出会ったときからこうだった。相手の都合や意志、感情に寄り添うことなく、自分の考えこそが正しいと思い込んでいる。

かつては幼くてまともにあしらうことができなかったが、今のテオドールにとっては関わる必要もない存在だ。遠慮なく冷たくできる。

「デフォール伯爵はどこに？　ご挨拶させていただければと思ったが」

「まあ。わたくしよりも夫が良いの？」

ふんわりと頬を膨らませ拗ねてみせる仕草は、見る者が見れば愛らしくみえるのだろうか。

「伯爵とは一度話をしてみたかったからね。彼は有能な起業家でもある」

事実、金脈を発見してからのデフォール家の発展はめざましい。是非、医師を育てる学園の創立に出資してもらいたいと考えていたが、なぜか昨年から体調を崩し表舞台に姿を見せていないのが気にかかっていた。フェリシーがここにいるということは参加しているのだろうか。

「本当に酷い人だわ。夫は今年も体調が優《すぐ》れず来ていないの」

「そうか、それは残念だ。是非仕事の話がしたかったのだが」

「あら？　テオドール様はいつからそんな仕事の虫に？　ルシール様が寂しがっておいでだったわよ」

「は……？」

まさかの名前がフェリシーの口から飛び出し、テオドールは顔色を変える。

「先ほど少しお話をさせてもらったの」

「何を……彼女に何を話した」

「まあ怖い顔。何も？　ああでも、わたくしとあなたが婚約していたことはお伝えしたわ。あなたはきっと話していないと思ったから。案の定、とても驚いていたわよ。かわいい奥様に隠しごとをするなんて、酷い人」

赤い唇が蠱惑《こわくてき》的な弧を描いた。悪気など何一つないという微笑みに隠された、意地の悪さに首筋の毛が逆立つ。

「君との婚約は私の意志ではない。勝手なことを……」

「でも嘘でもないわ。ルシール様はあなたの不誠実さにショックを受けたのか、会場を飛び出していったのよ」

ふふ、と肩を揺らすフェリシーとそれ以上対峙していられず、テオドールは返事もせずに背中を向けた。

一刻も早くルシールを見つけださなければ。おそらくフェリシーは、二人の婚約期間を己の都合の良いように湾曲して伝えているに違いない。

どんな内容なのかは想像したくもなかった。

もしルシールに誤解をされていたらと考えるだけで、血の気が引いていく。

（くそ……やはり離れるべきじゃなかった）

自分のうかつさに腹を立てながら、テオドールは早足で会場の外へと飛び出す。

かつて婚約者がいたことは、できるなら隠しておきたかった。

たくさんの女性に優しくしていたのは、自分の価値を下げるためだと伝えていたが、婚約となれば話は別だ。たとえ義務であっても、懇意にしていた相手がいたなど、知られたくなどない。

幸いなことに、フェリシーとの婚約は当事者を含めごく少数の人間しか知らなかった事実だったのに。

（まさかあの女が直接伝えるなんて。これまで春至のパーティになど参加したことはないくせに）

八つ当たりめいた怒りを滾《たぎ》らせながらテオドールは足を動かす。

（まずは兄上か義姉上に事情を説明し、兵士を借りるべきか）

あらゆる策を巡らせながら歩いていたテオドールは、廊下の少し先にある休憩室の扉が半開きになっているのに気がついた。

具合を悪くした招待客などが休むために開放されているその場所は、希《まれ》に男女の密会にも使われる。

扉が開いているということはだれかが利用中か、退室したあとなのだろう。

そのままにしてもよかったのだが、不用心さが妙に気にかけり、テオドールはその扉を外側から閉めるために手を伸ばした。

「……っ」

隙間から聞こえてきた声に、扉にかけようとした手が止まる。

聞き間違えるはずもない音色に、テオドールは息を呑んだ。

「ルシール！」


酷く動揺させられたルシールは少しでも感情を落ち着かせようと、休憩室の床に座り込んだまま、何度も深呼吸を繰り返していた。

テオドールを男性として愛してしまったことを思い知らされたせいで、心臓が痛いほどに高鳴っている。

今すぐ彼と顔を合わせたらどんな失態をしてしまうかわからなかった。

(私は契約上の妻なの。そのことを忘れてはだめ)

もしこの恋心を気がつかれたら。きっとテオドールはルシールに失望するに違いない。

そばにいて好きになってしまうなんて、これまで彼の元に群がっていた女性たちと同じではないか。いや、それよりも酷い。お互いに納得し合って条件を交わして結婚関係だったのに、その信頼を裏切ったのだから。

「とにかく落ち着かないと……すう……っゴホッ」

思い切り息を吸い込んだせいで、不格好にむせてしまった。

口元を押さえその場にうずくまっていると、大きな物音がして部屋の扉が勢いよく開かれる。

「ルシール！」

「！」

なんと飛び込んできたのは血相を変えたテオドールだった。普段は冷静な態度を崩さない彼が、酷く慌てふためいた表情をしている。

驚きで、喉の痙攣までもが収まってしまった。

「テオ、様」

「どうした？　だれかに何かされたのか？　なぜ、泣いている」

飛びかからんばかりの勢いで肩を掴まれ、ルシールは目を白黒させた。

目に涙がにじんでいるのは先ほど咳《せ》き込《こ》んだせいで、ここにいるのは自分から休憩に来たのだと伝えたいのに、テオドールが激しく揺さぶってくるものだから口を開くことができない。

ぶれる視界に、本当に気分が悪くなってきて、ルシールは口元を手で覆った。

「ルシール！」

するとテオドールはますます慌て、両手をせわしなく上下させたあと、なんとルシールの身体をふわりと抱え上げてしまった。

ふわりとスカートの裾が浮き上がり花びらのように宙で揺らめく。

「きゃあ！」

不安定な体勢になったルシールは、咄嗟にテオドールの首に腕を回した。

「急いで家に戻ろう。いや、それよりも医者を呼ぶべきか」

「お、落ち着いてくださいテオ様！」

「これが落ち着いていられるか。とにかくここを出よう」

テオドールの足が部屋の外に向かう。

(このまま⁉)

ルシールはひっと短い悲鳴を上げた。ここは会場から少し離れているとはいえ、パーテ

ィに参加している大勢の貴族たちの行動範囲内だ。抱きかかえられた状態のまま外に出れば、誰かに見られてしまうだろう。

いくら夫婦とはいえ、こんな姿を見られれば様々な噂を生んでしまう。

「テオ様！」

止めようと声を上げてみるが、テオドールには聞こえていないのか歩みが弱まる様子はない。

あと数歩で外、というところまで来たとき、ルシールは咄嗟にその頬に唇を押しつけるようなキスをしていた。

「！」

テオドールの動きがピタリと止まる。

それから、音がしそうなほどのぎこちない動きでようやくルシールへと視線を向けてくれた。

緑色の瞳が満月のようにまんまるになっている。

「ルシール、今……」

「ああ、ようやくこちらを見てくださいましたね？」

緊急事態だったとはいえ、自分から頬にキスをした恥ずかしさで顔が熱い。

他に方法が思い付かなかったとはいえ、凄《すご》いことをしてしまった。

テオドールの頬には、うっすらと口紅の跡が残っている。慌ててそれを指で拭いながら、幼い子どもに言って聞かせるように一語一句ゆっくりと噛みしめるように言葉を口にした。

「私は大丈夫ですテオ様。少し気分が悪くなったので休んでいただけです」

「しかし、涙が……」

「咳き込んでむせてしまっただけですわ」

「本当か？」

「本当です。とにかく、下ろしてください。このままでは話もできませんわ」

疑うような視線をしっかりと見つめ返し力強く頷けば、テオドールはようやく理解してくれたらしい。

しぶしぶという動きでゆっくりとルシールの身体を床に下ろしてくれた。

自分の足で床に立てたことにほっとしたのもつかの間、テオドールのたくましい腕がルシールの腰をしっかりと抱きしめる。

密着する体温に、時と場所も忘れて胸がきゅんと高鳴ってしまう。

先ほど恋心を自覚したばかりなのだ。勘弁してほしいと思いながらルシールはやんわりとテオドールの胸を押し返すが、拘束は弱まるどころかどんどん強くなる。

「テオ様？」

「デフォール伯爵夫人と話をしたそうだな」

「……！」

テオドールの口から一番聞きたくなかった名前を出され、身体がこわばる。

「彼女が何を言ったかは知らないが、そのほとんどは偽りだ。あの婚約は俺の意志では無かったし、彼女との間には何もない。本当なんだ」

まるで浮気の言い訳をするかのごとく、早口でまくし立てられルシールは困惑する。

これまで両手では足りないほどの女性たちが、かつてテオドールと関係していたとルシールに暴露してきた。

それが嘘だと知っているルシールは彼女たちをきちんと撃退したあと、毎回しっかりとテオドールに女性の身元を伝え、自分がした対応に間違いなかったかを確認していたのだ。

テオドールは一度たりとも動揺などしなかった。むしろ、そんな女性がいただろうかと記憶していないことの方が多かったくらいだ。

なのに、この必死さはなんなのだろう。フェリシーの言葉を半分だって信じていなかったのに、今は逆に信憑性《しんぴょうせい》が増している。

「……フェリシー様と婚約されてたことも、偽りなのですか？」

腰に回されていた腕が、あからさまにこわばった。

雄弁に心を語る身体に、ルシールは深くため息をつきたくなる。

「それは、事実だ」

絞り出すような声音に胸が痛んだ。

やはり、という絶望と、だからどうしたというの、という諦め。

ない交ぜになった感情が心を締め付ける。

「テオドール様、私はあなたの過去を気にできる身ではありません。気にしないでください」

「……！　ち、違うんだ。本当にフェリシーとはなんでもなくて……くそっ」

らしくない口調で悪態をついたテオドールが、整えていた前髪をくしゃりと握りつぶす。

「とにかく家に帰ろう。きちんと話をさせてくれ」

「でも」

「頼む」

必死な口調に、ルシールは逆らうことができなかった。

腰を抱かれたまま休憩室から連れ出された。周囲の目を気にしている間もなかった。会場には戻ることを許されずに、馬車へと連れ込まれる。

慌ただしく動き出した馬車の窓から、遠ざかっていく王城を見つめながら、ルシールは秘《ひそ》かに肩を落とした。

まだ挨拶をしたい人がいたし、商品の売り込みだって十分にできていないのにと不貞腐れた気持ちになりながら、未だにぴったりと身体を寄せ合ったままのテオドールに視線を向ける。

「……それで、お話とは何なのですか」

「かつての婚約のことだ」

なぜそこにこだわるのか。口調までもプライベートなものになっているのがなんだか腹立たしい。

「テオドール様にこれまで婚約者がいなかったことの方が不自然です。思い至らなかった私の方がどうかしています。どうか気にされないでください」

一息に告げてしまえば、テオドールの顔が悲しげに歪んだ。

失敗した。もっと冷静に伝えられたのにと、苦い後悔が口の中を満たす。

感情的になってはいけない。あくまでも自分は契約上の妻なのだから、過去の恋に嫉妬めいた気持ちを抱くのは間違っている。

「どうして、そう他人行儀なんだ。あの女に何を言われたんだ」

逆にどうしてテオドールがそこまで必死なのかがわからない。

ついに知られてしまったか、と軽く流してくれれば同じように何でもないことのように振る舞えるのに。

意地になりかけている自分を自覚して、ルシールは呼吸を整える。

「……特別なことは何も。かつてお二人は相思相愛の婚約者同士だったけれど、テオドール様が王族から公爵になったことをきっかけに婚約を解消してしまったと。それと、彼女の瞳がとてもお気に入りだったそうですね。フェリシー様は、まだあなたを愛してらっしゃるそうですよ」

一息に言いたいことを全て口にしてしまった。重い気持ちが胸を満たし、酷く嫌な気分だ。

私は彼女の身代わりなのでしょう？　という言葉だけはあまりに惨めでどうしても口にできなかった。

「……なんてことを」

ぐう、とテオドールが苦しげに喉を鳴らして、両手でその顔を覆った。

（なんなの……？）

突然の行動の意味がわからず、ルシールはぎょっと目を見開いた。

たっぷり数十秒間、奇妙な体勢で身動きを止めていたテオドールがゆるゆると腕を降ろす。

「ちがうんだ」

何がですか。

そう即座に切り返さずに済んだのは、表れた表情があまりに悲痛なものだったからだ。

「順に説明をさせてくれ……」

疲れ切った口調でテオドールは、かつての婚約についての説明をはじめたのだった。

叫び出したい気分なのを必死にこらえながら、テオドールは言葉を選びながら口を開いた。

まさかフェリシーがそんな荒唐無稽な嘘をルシールに吹き込んだなんて想像もしていなかった。

「オリオル伯爵家は当時とても力を持っていた。だから、彼女を無下にすることはできなかった」

不愉快な女ではあったが、馬鹿ではない。テオドールが冷たい態度で接すれば、すぐさま父親であるオリオル伯爵に泣きついて、騒ぎを大きくした。そのうちに逆らうのが面倒になり、適当に話を合わせるという楽な道を選んでしまったのだ。

結果として、唯一好ましいと思えた瞳の色を褒めることが多くなっていった。まさかそれを好意と受け取っていただなんて。

「確かに瞳の色を褒めたことがあるが、それだけだ。青は珍しい色だから」

君の色だから、と言えればどんなに楽だろうか。

あの頃からテオドールはすでにルシールに恋をしていたのだろう。もっと早く自覚していれば、あんな無駄な時間を過ごさずにすんだのに。

「……そうですね」

どこか含みのある返事に、胸が苦しくなった。いっそここで恋心を白状してしまうべきでは、と気持ちが焦る。

（いや、だめだ）

まだ準備が整っていない。なんの憂いもなく、ルシールに愛していると、ずっと夫婦でいてほしいと告げるためには解決しておきたいことがたくさんあるのだ。

「信じてほしい。これまでの女性たち同等、フェリシーとは深い関係になったこともなければ愛を囁き合ったこともない。それに、あの女が俺を好いているというのも真っ赤な嘘だ」

「嘘……？」

「そうだ。彼女は見た目こそ美しいが、権力にしか興味がない。俺のことを王妃になるための道具としか見ていなかった。俺が王位に興味がないと知った途端に婚約を解消し、金脈を得たデフォール家に嫁いだのだ。俺は、そんな軽薄な女性に恋などしない」

テオドールが恋をしたのは目の前のルシールただ一人だ。

家族のために困難に立ち向かえる強さと、涙を流せる優しさを持った、かわいい女の子。

本当に伝えたい言葉を、何重もの言い訳でくるむしかない自分の情けなさに泣きたくなった。

「ルシール、信じてくれ。フェリシーがどんなつもりで君に近づいたかわからないが、惑わされないでほしい。彼女の父親であるオリオル伯爵家は王家も警戒している相手だ。何か思惑があるに違いない」

顔を背けたままだったルシールが、ようやくこちらを向いてくれた。

青い瞳が、何か言いたげに揺れている。

「わかりました」

「……！」

「もともと、フェリシー様の言葉を全て信じていたわけではありません」

「では、なぜ」

あんなに傷ついた顔をしていたのか。

(もしかして、嫉妬してくれていた?)

淡い期待にこんな状況だというのに、身体がかっと熱を持った。

夫婦となってからの一年半、テオドールは言葉にはせずともルシールを一身に愛してきた。

どんな些細な憂いも与えぬように、真綿で包むように大切にしてきたつもりだ。あくまでも紳士的に囲い込み続けた。

意識してほしい。好きになってほしい。恋に落ちてほしい。

そんな切なる願いが実を結んで、結婚当初は確かに存在していた遠慮がようやくなくなってきていたのに。

「フェリシー様があまりに美しい方だったので、その後釜である私がこんな地味な女であることが、少し恥ずかしかったのです。婚約を知っていた方から見れば、私はあまりにも力不足でしょうから」

「そんなことはない！」

思いがけず大きな声になってしまったせいで、ルシールが大きく身体を震わせてしまった。

だが、とまれなかった、

「君はとても魅力的だし、美しい女性だ。フェリシーになんて劣らない」

「えっ、それは、ちょっと言い過ぎでは」

「いいや。たとえ君でも、君を侮辱するような言葉は許されないよ」

いつだってルシールだけがテオドールの心を動かし、滾らせるのだ。

「君は素敵な人だ。でなければ……妻になってほしいなんて言わない。俺はいつだって君に触れたいと思っているよ」

戸惑いながら頬を染めるルシールの肩に手を伸ばし、そっと抱き寄せる。肉付きが薄いのに柔らかい身体からは甘い匂いがした。

ここ数日、忙しさにかまけて寝所を共にしていなかった反動か、ふつふつと卑しい欲がこみあげてくる。

言葉にできない代わりに、愛しいという想いを込めながら柔らかな髪に何度も口づける。

「あの……テオ、様」

か細い声でいつものように名前を呼ばれ、不安でこわばっていた心がゆるりとほどけた。

テオドール様、と硬質な声で呼ばれる度に、震えるほどに怖かった。このまま、ルシールに酷い誤解をされて、ようやく近づいてきた心の距離を広げられたとしたら。

そんなのは嫌だと、腕に力を込めてルシールの身体を軽く持ち上げ、膝の上へと座らせる。

「ちょ、何を……んんっ‼」

不満を述べようとした小さな唇に噛みつくように口づけた。

口紅を剝《は》ぐように唇の膨らみを舌の腹で舐めまわし、音を立てて吸い上げる。

子どものように小さな口に舌を捻《ね》じ込み、小さな歯を舐めまわす。怯えたように奥へと縮こまっているルシールの舌を追いかけ、絡め取る。

「ん、んぅ」

鼻にかかった甘えた声が、腰の奥をずんと刺激した。

こんな場所で、誤魔化すみたいに情事に及ぼうとしている自分の狡《ずる》さを情けなく思いながらも、止まれなかった。

あたたかな口内は甘くて、ずっと味わっていたくなる。

最初は逃げてばかりだった舌が、抵抗を諦めたのか、ちろちろと応えだしてくれるようになった興奮に呼吸が乱れてしまう。

「あ……うぅ……んむぅ」

テオドールの胸を押していた小さな手が、甘えるようにシャツを摑んできた。

こうなってしまえば、ルシールはもう逆らえない。

そうなるように仕込んだのは他の誰でもないテオドールだ。

卑怯者《ひきょう》め、と己を罵りながら拘束の腕を緩め、ドレスの上から身体の線を辿るように手のひらを動かす。

「や、テオ様、だめぇ……」

「嫌だ。君が自分の魅力を認めるまで、やめない」

「ひっあ……！」

大きく開いた胸元に手を射し込み、ふっくらとした双丘を引き出す。ふるりと震えて現れたまろみのある美しい乳房を見た瞬間、頭の芯に炎のごとき熱が灯る。

俺のだ、と身勝手な欲望が燻《くすぶ》った。

ほんのりと色づいている先端をぱくりと加え、口の中で舐めしゃぶる。最初はくたりとしていた皮膚がだんだんと硬くなり、育っていくのが心地いい。味などしないはずなのに、ずっと口の中に収めていたいほどに甘美なそこを、赤子のように吸い上げた。

「や、あぁん！」

逃げようと背中を引くのを抑えるように背中を掻《か》き抱《いだ》く。

膨らみの間に顔を埋め、両頬に魅力的な弾力を味わう瞬間がたまらなく好きだ。

「テオさ、ま、あっ」

白い肌に吸い付いて、いくつもいくつも赤い印を刻んだ。ぷっくりと赤く熟れた先端を交互に味わいながら、ルシールのスカートの中に手を滑り込ませる。

「ひゃ！」

ストッキングに包まれたざらりとしたふくらはぎをゆっくりと撫《な》で上げ、ガーターベルトを確かめる。手触りのよいシルクのそれは、テオドールが選んだもので間違いない。ルシールは知らないだろうが、彼女が身にまとう肌着の大半はテオドールが厳選して買いそろえている。

無欲なルシールは衣服を買うことに興味がないらしく、メイドたちに任せきりだと知ってからは、なるべく肌触りが良いものを選ぶようにしていた。

（男が服を送るのは脱がすためだとは、よく言ったものだ）

自分が選んだものだけを愛しい女が身にまとっているというのは、独占欲をどこまでも満たしてくれる。

にんまりと口元を緩めながら、テオドールはガーターベルトのその上にある素肌の太ももを優しく撫でた。

ほんのりと汗ばんだ肌をやさしく指で辿り、ドロワーズの中へと指を差し入れる。

指先に感じるぬめりに、喉が鳴る。

「ああっ……！」

「濡れてるね……期待していた？」

「ちがっ……あ、ああんっ……」

「大きな声を出すと御者に聞こえてしまうかもしれないよ」

「……！　んんぅ」

羞恥に頬を染め、ルシールが慌てて口を押さえた。見開かれた瞳に溜まる涙を吸い上げながらも、テオドールは指を奥へと進める。

蜜を滲ませている可憐な花びらを指先でかき分けるようにまさぐり、充血して硬くなっていた秘豆を探り当てた。

つるりとふくらんだそこを指先ですりすりと撫でるように刺激すると、ルシールの身体が可愛そうになるくらいにぴくぴくと痙攣する。

「んーっ、んん！」

ぽろぽろと涙を流しながらいやいやと首を振る姿は憐れっぽくて、嗜虐心《しぎゃくしん》をどこまでも煽《あお》るものだとルシールは知らないのだろうか。

胸に背中を預ける体勢へと抱え直し、スカートをまくりあげ、足を開かせた。

首筋にキスを落とし、小さな耳たぶを甘噛みする。

「声をしっかり抑えてるんだよ」

「んぅう……！」

あらわになったルシールの秘所はすっかり濡れそぼっており、ドロワーズをぐっしょり濡らしていた。両手をそこに添え、秘豆を押しつぶしながら、ひくひくと空腹を訴える蜜口の中に指を滑り込ませる。

蜜を溢れさせる胎内はやわらかくほぐれて、テオドールの指をおいしそうに締め付けてくる。

ゆっくりと抜き差しすれば、ちゅくちゅくと可愛らしい水音が馬車の中に響いた。

「い……っんん……あぅ」

指の腹で膨らみを転がし、濡れた隘路を指でかきまわす。

その度に細い腰と小さなお尻が何度も跳ねて、トラウザーズの中で硬くみなぎる肉棒を刺激してくる。

早く中に入りたい。獰猛《どうもう》な本能が身を焦がした。

「ルシール、前の座席に手を置いて」

「えっ……あっ？」

名残惜しく思いながら指を引き抜き、ルシールの身体を軽く持ち上げ前傾姿勢へと誘う。

力の入らぬ腰を支えるように摑んで、口を押さえていた両手を前の座席につかせた。

スカートを乱暴にまくりあげ、薄い背中の上にひとまとめにする。美しい曲線を描いた
尻を優しく撫でながら、その丘を押し開く。散々に虐《いじ》めて充血させた秘所が丸見えだった。

乱暴にベルトをゆるめ、今にも暴発しそうな己の雄槍を取り出す。

充血しみっともないほど猛《たけ》って反り返った先端からは、涎《よだれ》めいた先走りが滴っていた。

「入れるよ」

「や、まってぇぇぇああっ……！」

先端を押し当て、そのまま一気に根本まで挿入する。柔らかな肌に腰を押しつければ、
蜜路が痛いほどに締め付けてきた。

「あ、ああっ」

声を抑えることを忘れ、ルシールが可愛らしく喘ぐ。

痙攣する内壁の感覚に、どうやら挿れただけで軽く絶頂してしまったらしいのを悟る。

少し休ませてやりたかったが、我慢できそうにない。浅く腰を引いてから、ぱん、と軽く

叩きつけるように奥を穿つ。

「ひあっ、まだ……ああっ」

「すごいな……ひと突きする度にこんなに締め付けて……気持ちいいかい？」

「や、やぁ……！　だめ、おっき……かたいの、くるしぃの……」

か細い喘ぎは、もっというおねだりにしか聞こえなかった。

走る振動に合わせ、浅い場所を何度も捏《こ》ねるように突き上げる。

ギリギリまで引き抜いて蜜口の締め付けを先端で味わい、再びわざとゆっくりと最奥まで推し進め、隘路の感触を雄幹全体で堪能する。

「あっ……あんんっ……だめぇ……そんな奥まできちゃ、だめ……」

ルシールの声に艶が混じりはじめる。叩きつけるような抽挿に合わせ、細い腰がゆるやかにくねるさまは、目眩がするほどに官能的だった。

もっとほしい。もっと繋がっていたい。溢れる欲が勝手に腰を動かす。

最奥に先端を押し込めば、孕む器官の入口がねだるように吸い付いてきて、切ないほどに甘やかなしびれを催させる。

「ひ、あっあ……だめ……も、だめぇ」

「だめじゃない。いい、だろ？」

「ひゃあ！」

馬車の揺れが絶妙な刺激をもたらす。

不安定な体勢であることが余計にお互いを煽り、粘膜の感覚を敏感にしていく。

「ルシール、君は本当に素敵で美しい人だ……俺は、こうやって、いつも君を抱きたいと、思っている」

「あっ、やぁぁ」

「こんなにも硬く、君の中で猛っているのがわかるかい？」

「っぅう……ぃあ……ん、あぅ」

「わかった？」

背中に覆い被さり、真っ白な項に歯を立てる。

食い込ませた犬歯の痕を舌先で舐めながら、押しつけた腰をぐるりとまわした。

「んっ……わか、りました、からぁ……！　も、ゆるしてぇ……」

懇願の声の可愛さに、頭の芯が焼き切れそうなほど興奮して、涙が滲んだ。

ここに全てを吐き出して、子どもを作りたい。

あんなに欲しくないと願っていた存在が、今はくるおしいほどに欲しかった。自分だけの子なら愛せないかもしれない。でも、ルシールの産んだ子ならばかならず愛せる。世界で一番大切にして、悲しむ時間など与えないと約束できるだろう。

「あ、っ、てぉ、さまぁ」

感極まった声が腰を刺し、こみあげる吐精感をこらえられなくなる。

「ぐっ……ルシール！」

「ひぁぁ！」

腰を振りたくり、一気にルシールを高みに押し上げる。絶妙な締め付けを感じながら雄槍を引き抜き、急いでハンカチにくるんで子種を吐き出す。

愛しい女の胎に吐き出せなかったことに一抹の寂しさを感じながらも、達成感に深く息を吐いた。

「んぅ……」

ぐったりと座席にもたれるようにして倒れ込んだルシールを優しく抱き起こし、乱れた服を直してやる。

無理をさせたせいか、半ば意識を失っている身体はなすがままだ。汗と涙にぬれた顔を、新しいハンカチで拭ってやりながら労るようにこめかみにキスを落とす。

「ルシール」

早く君に愛を囁きたい。

契約などという立て前をとりはらい、本当の夫婦になりたい。

そんな願いを込めながら、力の抜けきった身体をきつく抱きしめたのだった。

第四章　すれ違いと離別

「もう少し小さくてかわいい形はない？　できればこの果実のように丸みがあるものがいいわ」

客間のテーブルに所狭しと並べられた硝子《がらす》瓶をひとつひとつ手に取りながら、ルシールは真剣な表情で吟味を続けていた。

バリエ家の新たな特産として生み出した商品は、春至祭に参加していた貴婦人たちに気に入られたことをきっかけに流行の兆しを見せている。

冬の厳しい国にとって、夏はもっとも商業が華やぐ季節だ。

貴族たちは社交や事業に勤しみ、国民も日々を謳歌《おうか》しようすることから国全体が自然と活性化する。

その波に乗るべく、ルシールもせっせと自らの仕事に精を出していた。

小口の取り引きだけではなく、樽《たる》ごとなどという大口の注文も入るようになり、当初つぎ込んだ投資額以上の収益が見込めそうなところまできていた。このままうまく流れに乗れば、間違いなく安定した利益を生む。

「でも、まさかこの見た目がかわいいと話題になるなんて意外だったわ」

そう。今では『緑の蜜石』と呼ばれるようになった果実の皮と実を蜜で煮た商品は、その姿形さえ評判になっているのだ。

これはルシールもまったく想像していなかったことだ。もともとの果実が、熟しても鮮やかな緑を保つ表皮をしており、その実も柑橘種には珍しく、仄《ほの》かに黄緑がかっている。皮の色味は煮詰めても損なわれにくく、うまく加工すればいつまでもみずみずしいまま。そんな緑の果実が蜂蜜によって包まれているのは、まるで宝石のような美しさ、なのだそうだ。

当初は機密性を優先させ、ワインのように暗色の瓶に詰め販売していたのだが、見た目の美しさを活用しない手はないと無色透明の硝子瓶で売り出してみたら大当たり。

嬉しい誤算は、いまや嬉しい悲鳴になりつつあった。

今では人を訪ねる際に手土産として活用されはじめたと知り、もっと気軽に贈りあえるようにと、小さな瓶も準備中だ。

せっかくならば瓶の形からこだわりたいと、いくつかの試供品を用意してもらったままではいいが、いまいちどれもしっくりこない。

「奥様。お気持ちはわかりますが、これが今準備できる全てです。硝子瓶とはもともと保存用の道具。小さいものを、などと望む人は少ないですから」

無理難題を押しつけられ困り果てた表情を浮かべるのは、商人のギャラハン。

年の頃は五十に近いというのに、上品なジャケットを身にまとい背筋を伸ばした姿は若々しく自信に満ちている。

王都で手広く商売を行っている彼を紹介してくれたのは、他でもないテオドールだ。別の事業を通じて懇意になったらしく、信頼の置ける人物だと教えてくれた。その言葉に偽りはなく、ルシールの商売にも大きく力を貸してくれている。

「そうよね……」

一番小さなものでも、ルシールの手片がすっぽり収まってしまうほどの大きさがある。女性が持ち歩くのには向かないだろう。

「でも、できるならばお試し品として気軽に人に渡せるサイズにしたいの。そういった硝子瓶を作ってくれる人に心当たりはない？」

うーんと考え込みながらギャラハンは首を捻《ひね》る。

長年、商売をしている彼にも少し難問らしい。

「ううん……」

一緒になって考え込んでいたルシールは、ふと、暖炉の上に並べられた香水瓶に目をとめる。それは、テオドールが異国から仕入れてくれた香水で、香りはあまり好みでは無かったが、入れ物が可愛かったから飾りとして応接間に飾ったのだ。

「……香水瓶。そうよ、香水瓶だわ」

「奥様？」

突然大きな声を上げたルシールにギャラハンが目を見開く。

「ギャラハン。香水瓶を作る工房に依頼して、瓶口の大きなものを作れない？」

「なるほど！」

聡《さと》いギャラハンは、ルシールの意図をすぐに察したのだろう。心得たとばかりにしっかりと頷いた。

「香水瓶とは考えつきませんでした。食品用ではありませんので少し勝手は違うかもしれませんが、相談してみる価値はあるでしょう。いくつか香水瓶専門の工房にツテがありますから、興味があるか声をかけてみますね」

「よろしくね」

光明が見えたこともあり、それからの商談もずいぶんと話が弾んだ。

さっそく工房にあたってみると意気揚々と帰っていったギャラハンを見送ったルシールは、ソファに座り込みながら広げた書類を整頓する。

このままいけば、来年にはもっとたくさんの取引先が増えてバリエ家の資産状況は安定するだろう。

「はぁ……」

癖になりつつあるため息は、今日何度目になるかわからない。

フェリシーの登場により、テオドールへの恋心を自覚して以来というもの、どうも調子がおかしい。

これまでは普通に過ごせていたのに、些細な出来事でテオドールに強く惹《ひ》かれてしまうのだ。挨拶のキスをされる度に心臓が大きく跳ねたり、見慣れているはずの湯上がりの無防備な姿に動揺してしまったりと、どうにも落ち着かない。

馬車の中で半ば無理矢理抱かれたのもよくなかった。馬車に乗る度に思い出してしまいいたたまれない気分になってしまう。

（テオ様が悪いのよ。あんな……）

普段の紳士的な閨とはちがい、あの日のテオドールはどこかおかしかった。

やめてほしいと訴えたのに貪るように抱かれてしまった。

最後まで意識を保てず、次に目を覚ましたときには自室だったことは今思い出しても恥ずかしい。

あれが何かのきっかけになったのか、寝所でも激しく求められることが増えた。ルシールも、恋を自覚しているせいで、つい積極的に応えてしまっている。

このところはお互いに忙しく、休日が合わない限りは別の部屋で眠っているのが幸いだ。

テオドールは手がけている事業が大詰めを迎えているらしく、帰宅時間は遅く朝が早い。時々、慌ただしく馬車に乗り込んでいく姿を見かけるが、それだけだった。

寂しくもあるが、今は少しだけ助かっている。

一緒に過ごす時間がこれ以上増えたら、募る恋心がうっかり漏れ出てしまいかねない。

(契約なんて、しなければよかった)

時折、本気でそんな風に考えてしまうことも増えた。

まさかこんなに好きになってしまうなんて想像すらしなかった。利害の一致したパートナーとしていずれは離婚する相手だとわかっていたからこそ、結婚したのに。

別れる日が来る。そのことが、とても辛い。

「……私ったら、本当に馬鹿ね」

なんとかしてテオドールへの恋慕を誤魔化すため、ここ数日は必要もないのに仕事を増やして忙しくしている。

新たな商品になりそうな品を検証したり、ギャラハンを呼び寄せて新しい販路や、売り方などを検証したりと、自分を追い込んでいる自覚はあった。

空白の時間が辛くてたまらないのだ。

テオドールの顔が見たいと思うのに、顔を合わせればますます好きになってしまいそうで怖い。

心と理性がバラバラになって泣きたくなってしまう。

「だめ。しっかりしないと」

ぱしんと自分の両頬を軽く叩き、ルシールはソファから勢いよく立ち上がる。

とにかく今は事業を成功させなくては。せっかくテオドールが築いてくれた土台を壊したくないと、ルシールは必死に心を奮い立たせたのだった。

＊＊＊

面会から数日後、ギャラハンから腕のいい硝子職人を見つけたとの知らせが届いた。

是非一度対面で話をさせてほしいので、二日後に職人を伴って屋敷を訪ねたいという内容が書かれている。

「二日後……」

困ったわ、とルシールは眉根を寄せた。

テオドールとの約束で、人を招くときは事前に伝えるようにと言いつけられているのだ。

正体のわからぬ相手にこの屋敷に入ってほしくないというテオドールの気持ちはわかるが、帰ってこない相手にどう伝えればよいのだろうか。

悩んだすえに、ルシールは手紙を書くことにした。

仕事に関わる職人を招いて話をするが、ギャラハンを同伴させるので心配しないでほしい。忙しいだろうが、どうか身体に気をつけて。

そんな手紙を執事に頼んでテオドールの私室に届けてもらった。

そもそもギャラハンはテオドールが紹介してくれた人物なので反対はされないはずだ。

予想通り、翌朝には返事が届けられた。

忙しくて直接話ができないことを詫びる一文と共に、ギャラハンが同席をするのであれば今回以降も屋敷で招いても問題はないという返事が書かれてあり、ルシールはほっと胸をなで下ろしたのだった。

そして約束の日。

ルシールは応接間でギャラハンと、彼が伴ってきた硝子職人と対面していた。

「このエバンスは若いながらにとても筋が良い。大きな細工ものよりも、小さな香水瓶などが得意のようで、奥様のお話を聞いて、ぜひ挑戦してみたいと言っているのです」

「そうなのね」

頼もしいと感じながら、ルシールは硝子職人であるエバンスへと視線を向けた。

エバンスはすいぶんと若い青年だった。明るい栗毛に灰色の瞳をした顔立ちは、あどけなくも非常に整っている。職人らしい意志の固そうな表情といい、あと数年もすればさぞ女性にもてるだろう。

少しよれたシャツを身にまとい、どこか自信なさげに部屋の中を見回す仕草は迷子の子犬のようだ。

しばらく会えていない弟のジスランを思い出し、ルシールは優しく微笑む。

「俺は……その、貴族の方と取り引きできるほどの学はありませんが、腕にだけは自信があります」

職人としては優秀でも、商人としての才能はどうやらエバンスは持っていないらしい。その横で、ギャラハンが苦笑いを浮かべているのがいい証拠だ。

だが、素直な性格は好感が持てる。

「どうでしょう奥様。このエバンスに、一度機会を与えてやってくれませんか」

「機会、ですか」

「ええ。実はエバンスはあまりに腕が良すぎたため、勤めていた工房で酷い嫌がらせを受けていましてね。今は、勤め先がないのです」

「まあ……」

職人の世界にもそんな稚拙な嫌がらせがあるのかと、ルシールは目を丸くする。

「もし奥様の事業に関わられれば、一気に名が売れるでしょう。エバンスのために、私が出資をして新たな工房を作りたいと思っています」

「そこまで見込んでいらっしゃるのね」

付き合いは短いがギャラハンが優秀な商人であることをルシールはよく知っている。その彼が、出資してもいいと思うだけの腕前ならば、信じられる気がした。

「わかりました。ではエバンス、女性の手のひらにのせられるくらいの丸くて瓶口の広い硝子瓶を作ってくれるかしら。用途はこの果実を蜜で煮たものを保存したいの」

大きな瓶に詰めた緑の蜜石を差し出せば、エバンスが目をキラキラさせてそれを見つめる。

「すごく、綺麗ですね。なるほど、わかりました！」

「もし依頼するとなれば、大量に作ってもらう必要があるわ。それを込みでしっかりと取り組んでちょうだい。もちろん、試作品を作るための費用は私が出します」

「はい！　任せてください！」

はきはきとした返事に頼もしさを感じながら、ルシールは満足げに頷いた。


疲労を引きずりながら真夜中に帰宅したテオドールは、着替えるのも億劫《おっくう》な気分で私室に向かった。

無人の室内は夏だというのに空気が冷え切っているように感じられて、すぐに眠る気にはならない。

運ばせたワインを飲みながら、溜まった手紙を仕分けることに決めた。

（ルシールからは……ないか）

当然だと思いながらも少しだけ気落ちする。

先日、人を招いてよいかと確認してきた手紙には、テオドールの身体を案じる一文が添えてあった。その気遣いが嬉しくて、会いたくてたまらなかったが、結局忙しすぎて会話をする時間も取れなかった。

医療改革は順調に進んでおり、このままいけば来年には新たな医術を学ぶ場所を設けられるだろう。

（そして、あの件も……）

隣国と医療協定をここまで急いで進めるのには、テオドールしか知らない理由があった。

それは、ある優秀な医者をこの国に招きたいという個人的な事情だ。金と人を辿れば、強引に連れてくることもできるだろうが、手順を踏まず優秀な医師を隣国から引き抜いたとなれば、国際問題になりかねない。

だが、新たな学府を作るために指導者として招くという大義名分があれば話は別だ。

そのためだけにこの改革を進めたと知ったら、周囲はきっと驚くだろう。それほどまでに、テオドールは真剣だった。

医師との会談が叶うのも時間の問題だ。あと少しなのだ。

「はあ……」

知らずこぼれた吐息には、明らかな疲労が滲んでいる。

肉体的にはそこまで辛くはないが、やはりルシールとの時間が取れないことが心を蝕《むしば》んでいた。

（……少しだけだ）

逡巡は一瞬だった。おもむろに立ち上がったテオドールは、私室を出ると、廊下の奥にある夫婦の寝室へと向かった。

音を立てぬように気をつけながら扉を開け、ルシールが一人眠る寝台に近づく。

すやすやと規則正しい寝息を立てる最愛の人の姿を見た瞬間、溜まっていた疲労が消えていくのがわかった。

「ルシール」

小さな声で名前を呼んで、その頬を指先でなぞる。

柔らかくてあたたかな感触に、虚空だった胸が満たされていく。

許されるなら、今すぐにシーツの中に潜り込んで華奢な身体をこの腕に抱きしめたい。ルシールの香りと体温を全身で感じて、その存在を確かめたかった。

（いや、だめだな。我慢できるわけがない）

きっと触れたら最後、時間もわきまえずに欲望をぶつけてしまう自信があった。

ルシールは今、実家を立て直すために必死で努力している最中だ。執事から聞く話では、毎日何かと忙しくしているらしい。もし無理に抱き潰せば、仕事に差し障りが出てしまう。

(俺は君に嫌われるのが一番怖い)

せっかく善き理解者として契約の夫という立場を手に入れたのに、無理をして距離を取られたら。

馬車の中で手酷《てひど》く抱いてしまったことは、いまだに少しだけ後悔している。許してくれたからよかったようなものの、一歩間違えていたらどうなっていたか。

契約結婚なんてしなければよかった。手順を踏んで求婚していれば、こんな面倒くさいことにならなかったのに。

それでも、はじめてしまったからには貫くしかない。

「……俺が君を慰めていたらどうなっていたんだろうね」

泣いていたルシールに背を向けた日のことを、何度後悔したかわからない。

もしあのとき、そばにいて支えてあげられたら、ルシールは神に祈ることはなかったかもしれない。家族のためにこの小さな身体を捧《ささ》げることなんてなかった。そして、きっとずっとそばにいられたのに。

「あのとき、逃げてしまった俺への罰なんだろうな」

幼くて未熟なせいで、手に入れ損ねてしまった宝物。

がんじがらめの言い訳で囲い込んで、ようやく手元に置いておけている。

「愛してるよ、ルシール」

眠っているときならいくらでも愛を囁けるのに。

もどかしさに胸をかきむしりたくなりながら、テオドールはその小さな唇にキスを落としたのだった。

＊＊＊

最初の商談から一週間ほど経ったある日。

エバンスから試作品が届いたとの連絡が届いた。

早く見てほしいと訴える文面に、ルシールはさっそく面会の予定を取り付けた。てっきりギャラハンも同席するものと思っていたのに、当日やってきたのはエバンス一人きり。

（どうしましょう……）

テオドールからはかならずギャラハンを同席させるようにと言われていたルシールは迷ったものの、試作品を早く確認してほしいと訴えるエバンスの熱意に折れる形で面会を受け入れた。応接間には複数の使用人を同席させることだし、問題はないだろう。

「こちらです」

「まあ！」

エバンスが持ち込んだ小さな瓶はルシールが想像していた以上の仕上がりだった。

通常の瓶とは違い、まるで果実のような柔らかな曲線をえがいた側面と大きく開いた瓶口。女性の手のひらにのせても大きすぎず、まさに理想通りだ。

ころりとした形状に品を詰めて店頭に並べれば、きっと多くの女性たちが手に取ってくれるだろう。

「いくつかサイズ違いを用意しました。最初は一番小さな瓶、気に入れば少し大きな瓶、というように使い分けができればと」

褒めてほしいと全身で訴えるように硝子瓶へのこだわりを語る姿は可愛らしく、ジスランが成長したら、きっとこんな感じなのだろうという親しみを感じてしまう。

「すばらしいわ！　ありがとうエバンス！」

感極まったルシールは立ち上がると、エバンスに近寄ってその手を握り絞める。

職人らしい硬い皮膚をした大きな手が、彼の努力を雄弁に語っている気がした。

「嬉しいわ。あなたの工房には私からも是非出資をさせてちょうだい」

「あ、ありがとうございます！」

エバンスもルシールの手をぎゅっと握り返してくる。

きっとうまくいく。そんな予感に瞳を輝かせていると、ガタリと勢いよく応接間の扉が開いた。

「今帰ったよ、ルシー……ル？」

「テオ様⁉」

開いた扉の前に立っていたのは、朝仕事に出かけたはずのテオドールだった。その視線が、まっすぐにルシールとエバンスの握り合った手に注がれていた。

ルシールは慌ててエバンスの手を離すと、そのそばに駆け寄った。

「おかえりなさいませ。今日はずいぶんと早いお帰りだったのですね」

「ああ……」

なぜか歯切れの悪い返事をするテオドールの視線はルシールではなく、呆《ほう》けたようにソファに座ったままのエバンスに注がれていた。

「ご紹介しますわ。ギャラハンが紹介してくれた硝子職人のエバンスです。今日は瓶の試作品を届けてくれて……」

「ギャラハンは？　面会では彼を同席させるようにと伝えたはずだが」

「えっと……今日は予定があるらしくて。かわりに執事たちに同席してもらっています、が……」

硬質な声のテオドールに、ルシールは困惑する。何か間違ったことをしてしまっただろうか。

「は、はじめまして公爵様！　エバンスと申します。奥様には、大変よくしていただいて」

ようやく我に返ったらしいエバンスが勢いよく立ち上がり、テオドールに頭を下げた。

テオドールはそれに特に応えず、静かに頷く。

普段、誰に対しても丁寧な態度をとるテオドールらしからぬ仕草に、ルシールが首を傾げていると、エバンスがどこか慌てた様子で試作品の瓶を片付けはじめた。

「奥様。それでは俺は今からギャラハンさんのところにいって制作について相談してきますね」

「え？　ええ、お願いね。よかったらお茶でも」

「結構です！　急ぎますので、失礼かとは思いますが下がらせていただきます」

やけにはきはきとした口調で挨拶をすると、エバンスはそそくさと応接間から出て行った。

なぜか使用人たちもそれに倣うように退室してしまう。

二人きりになった応接間は静まりかえっていて、ルシールはなんだか不安になってくる。

「あの……」

「ずいぶんと若い職人だな。ああいうのが好みだったのか？」

「え？」

「君は契約を忘れたのか」

なんのことかとルシールが目をみはれば、テオドールの腕が腰に回って身体を引き寄せられた。

わずかに痛みを感じる乱暴さに、戸惑いながら瞬けば、間近に迫った緑色の瞳が剣呑《けんのん》な色を孕む。

「男の手を握るなど、浮気を疑われてもしかたがないぞ」

「……！　ちがいます！　エバンスはそのような」

「俺の前で他の男の名前を呼ぶな」

急にどうしてと問いかけようとした唇は、荒々しく塞がれる。

腰を抱く腕に力がこもり、身体が密着した。

こんなところでという羞恥で身体をよじるが、大きな手で顎を掴まれて無理矢理に口を開かせられる。唇を割るように入り込んできた舌が、言葉や呼吸すらかきまわして吸い上げてきた。

「んっうう……」

弱点を知り尽くした動きで口内を貪られ、わざとらしく音を立てながらようやく解放される。

まるで魂までも吸い尽くされたような余韻にぼうぜんとしていれば、身体を軽々と抱え上げられてしまった。

「テオ様!?」

「君にはもう少し自覚を持ってもらわなければ困る。公爵夫人を演じるのならば、もっと貞節であるべきだ」

「ですから、あれはそんな……テオドール様！」

声を上げても足をばたつかせてもテオドールは止まらない。

あっというまに寝室に連れ込まれ、整えられている寝台に強引に下ろされた。

「きゃ……テオ……んんっう！」

不満を口にする前に、キスの勢いで押し倒され、口の中が無茶苦茶に蹂躙《じゅうりん》されていく。

ドレスの上から胸を揉《も》まれ、大きな膝がスカートをたくし上げながら足の間に入り込んできた。

「君は……俺の妻なんだ……だから、だめだ……絶対に」

「んっう……ああっ！」

悔しさで涙がにじむ。でも、泣きたくなくて、きつく目を閉じた。

何も後ろめたいことなどしていないのに、どうしてこんな扱いをされなければならないのか。

好きなのに。こんなに好きなのに。どうして疑うのか。

テオドールに無下に扱われていることが悲しくて辛くて、胸が苦しい。

顎や首筋、耳たぶを囓《かじ》るように歯を立てられ、テオドールから与えられている熱を知っている身体が勝手にわなないた。

強引なのに、いつもと同じように愛撫を与えようとする手つきに悲しみが募る。

「やだぁ」

みっともなく涙で震えた声を上げながら、弱々しくテオドールの胸板を手のひらで叩く。

無駄な抵抗だとわかっていても、こんなのは酷いと訴えたかった。

「っ……！」

その瞬間、のしかかっていた身体が勢いよく剝がれた。

突然に自由になったことに当惑しながら瞼を開ければ、口元を手で覆い茫然《ぼうぜん》とした顔で立ち尽くすテオドールと視線がぶつかる。

「……あ」

か細く口から漏れた声とも付かぬ音に、テオドールの身体が大きく震えた。

整った顔が後悔にくしゃりと歪んだのがはっきり見えた。

「すまない。こんな、つもりじゃ……」

よろよろと数歩後ろに下がったテオドールが両手で顔を覆う。

その姿に、先ほどまでの悲しみや悔しさがすぐに溶けて消えてしまった。

どうしたのだろう。何かあったのだろうか。

普段のテオドールならこんなことは絶対にしない。いつだって理性的に、ルシールを思いやってくれる彼の態度が豹変《ひょうへん》した理由が気になってしかたがない。理由があるのならば、寄り添いたい。

恋しさが、あっというまに自分の状況を凌駕《りょうが》してしまう。

「テオ様、何か、あったのですか？」

「っ……君は、どうして」

苦しげに呻《うめ》いたテオドールは、まるで逃げるようにその場で踵を返し、部屋を出て行ってしまう。

追いかけたかったが乱れた髪と衣服のままではどうすることもできず、ルシールは寝台に座り込んだまま、音を立てて閉まった扉を見つめたのだった。

その翌日から、ルシールは屋敷の外に出ることは愚か、ギャラハンたちに会うことすら禁じられた。

商談は全て手紙で行うことを約束させられ、その文面すらテオドールの確認を得なければならなくなったのだ。

当のテオドールもまた、ルシールに会おうとしない。

忙しいからと王城に籠もりきりで、まれに帰宅したとしても真夜中で待ち伏せることもできなくて。

「テオ様は何を考えておいでなの……」

自室で一人書類を見つめながら、ルシールは深くため息を吐き出した。

誰にも会わず動けずではできる仕事は限られており、有り余る時間が余計なことばかり考えさせる。

あの日、テオドールがどうして強引にことに及ぼうとしたのだろうか。

（まるであれは……）

思い浮かんだ単語はすぐに頭の中で否定される。

二人の関係はあくまでも契約結婚だ。テオドールがルシールに特別な感情を抱いているはずなんてない。

やはり、ルシールが約束を破り、不貞を疑われるような行いをしたから怒っているだけだろう。

「それにしても怒りすぎよ」

確かに、約束を破ってギャラハンを同伴させずに会っていたという後ろめたさはある。

既婚者でありながら、男性の手に自分から触れてしまったのもよくなかったとは思う。

でもそれは、早く事業を安定させて、実家を立て直したかったからだ。

いくら契約の条件だとはいえ、ずっとテオドールに依存し続けるのはよくない。だっていずれは離婚するのだから。

きちんと自立できるだけの地盤を固め、支援など必要としない対等な立場になりたかった。

「……対等なんてありえないのにね」

自嘲気味に呟きながら、ルシールは握っていた書類をテーブルに置く。

手紙だけのやりとりとなってしまったが、ギャラハンとエバンスはかなり頑張ってくれており、改良を重ねた試作品はもうすぐ市場に出せそうなところまで来ていた。

ありがたいことに今年の在庫は冬を待たずして売り切れてしまいそうだが、来年の春には大体的に売り出せるに違いない。

努力が実ろうとしていることは、純粋に嬉しい。

この喜びを、テオドールとわかち合えたならどれほどいいだろう。

家族以外のことでこんなにも思い悩んでいる自分の姿が滑稽で、ルシールは自嘲気味な笑みを零した。

「ふふ」

母が苦しみながらジスランを産み落とした日。ルシールは家族のために生きると誓ったのに、今の心を占めるのは全部がテオドールだ。

いつのまにか、こんなにも好きになってしまっていた。離れたくない。終わりの日なんて来なければいい。いっそ子どもができればどうだろう。チェストにしまわれたままの避妊薬をこっそり効果のないものに取り替えてしまおうか。

（いいえ、だめよ）

不埒《ふらち》な考えをかき消すように首を振り、ルシールは再びため息を零す。

だいたい、あの日以来指一本触れられていないのだ。子どもを作る以前の問題だろう。

「とにかくテオ様に会わなきゃ」

いい加減、この状況を打開しなければ、この契約結婚はきっと破綻してしまう。

幸せにしてくれると、テオドールは言ってくれた。今はあの言葉を信じたかった。


王城の執務室で一心に書類にペンを走らせるテオドールの表情は落ち着いたものだったが、その内心には嵐が吹き荒れていた。

少しでも時間を作りたくて無理を押して帰宅した日。ルシールが見知らぬ若い男の手を握っているのを見てしまい、嫉妬から乱暴なことをしてしまった。

俺のものだ。絶対に誰にも渡しはしない。

そんな横暴で身勝手な衝動から、ルシールの弁解や説明を聞く間もなく押し倒してしまった。

数日ぶりのキスで理性が吹っ飛んでしまったのもある。甘い匂いをさせた柔らかくてあたたかなルシールの身体に、ずっと我慢していた欲望が溢れ出してしまったのだ。

(失望しただろうか)

泣きながら胸を叩かれた瞬間に我に返れたのは奇跡だっただろう。

もしあのとき、止まらずに抱いていたらきっともっと後悔していた。

合わせる顔がなくて、仕事を理由に避け続けているが正直そろそろ限界だ。

きちんとあの日のことを謝罪して、これまで通り夫婦としての日々を重ねていきたい。

(だがどう謝る？　ルシールは俺の行動を、あの程度のことで怒るような器の小さな男と思ったかもしれないのに)

いっそのこと、これを機会に自分の気持ちを打ち明けるべきかもしれない。

結婚の申し込みをしたときは契約だのと長々しい理由を並べたが、本当はずっと好きだったと伝えてしまえば。

嫌われてはいないと断言できる。

あんなに乱暴なことをしようとしたのに、ルシールはテオドールに何かあったのかと尋ねてくれた。気遣いと心の広さに打ちのめされながら、逃げた自分が本当に情けない。

ルシールが妻となってくれたおかげで、テオドールを次期国王にと推す声はずいぶんと薄れてきた。運良く王族に迎えられた庶子のうえに、恋に溺れて身分の低い娘を妻に迎えたのだから当然だろう。

何より、国王夫妻が辺境伯の息子を我が子のようにかわいがっているという噂が流れはじめたのも大きい。

いずれは彼を養子に迎えるのではと期待する声のおかげで、テオドールへの注目はずいぶんと薄れた。むしろ、医療に関する事業を推し進め結果が見えはじめたことで、王座に就かせるよりも、このまま王の右腕として実務を取り仕切らせるほうがよいのではという声すら上がってきているという。

ルシールのおかげで何もかもがうまく行きはじめている。

「閣下」

部下の声に顔を上げれば、二枚の書類が差し出された。

「危惧されていた例の件ですが、どうやら閣下の想像通りのようです。オリオル伯爵家は、閣下の改革を邪魔したいようです」

「やはりか」

フェリシーが接触してきたときからおかしいとは思っていた。なぜ今更と。

どうやら、表立っては動いていないが、オリオル伯爵はテオドールが推進する隣国との医療協定に反対する立場にあるらしい。彼の事業のひとつに、昔ながらの民間薬を製造する会社があるのが原因のひとつのようだ。この先広がる新しい医療で使われる薬は、隣国からの輸入が中心になるし、国内製造を始めるときはテオドールが主体になって動く予定だからオリオル伯爵家が横やりを入れる隙間がない。

つまり、フェリシーにテオドールを誘惑させて何かしらの利権を得たいと考えたのだろう。事実、フェリシーを見かける機会が増えた。警戒して距離を置いているため、直接、話をすることはないが、思わせぶりな視線はいつも感じていた。

「どこまでもおぞましい男だ」

これまでもオリオル伯爵は裏金や犯罪まがいの行いをしてきた疑いがある。王家としてもそろそろ手を打たなければならないところにまできているのはずっと感じてきた。

直接テオドールに接触を試みてきたことを考えれば、潮時なのかもしれない。

「屋敷から目を離すな。何か危ない動きをする可能性がある。例の件も進めておけ」

「承知しました」

もうひとつの書類に書かれた文面に目を走らせたテオドールは、驚愕《きょうがく》から口を開いてその場で固まる。

「お捜しの医師は提案に乗り気のようです」

「そうか……！」

この国に招きたいと思っていた医師は、今は国境のあの町で仕事をしているらしい。

ルシールと出会った思い出の場所。きっと運命なのだろうという考えが胸を満たす。

「是非一度話を聞きたいと……閣下⁉」

部下の言葉を待たず、テオドールは立ち上がる。

「これからこの町に向かう。医師に直接会って、私の話を聞いてもらおう」

「今からですか？　しかし」

「仕事はほとんど終わっている。俺がいなくても数日は回るだろう」

屋敷に帰れない気まずさを仕事で誤魔化していたおかげもあり、奇跡のように手が空いている。むしろ、このときを逃せばいつ会えるのかわからない。

「すぐに出立の準備を」

部下に指示を出しながらテオドールは外套《がいとう》を身にまとう。

（ルシール）

頭に浮かぶのは、寝台で心配そうにこちらを見つめるルシールの顔だ。

何も伝えずに旅立ってしまうことへの罪悪感が胸を刺す。逃げたと思われるだろうか。距離を置かれていると勘違いされるかもしれない。

（それでも、行かなければならないんだ）

全部片付いたらかならず話すからと、言い訳じみた誓いを立てながらテオドールは執務室を飛び出したのだった。

テオドールが仕事で国外に出立したという知らせを聞いたルシールは愕然《がくぜん》とした。

まさか挨拶もなしに行ってしまうなんて、と。

突然の出立を詫びる手紙には『なるべく早く帰国する。帰ったら話がしたい』とは書いてあるが、それ以外はあいかわらずだ。

よほどの理由がない限りは外出はしないように、としっかりと書かれていた。

「なんなのよ……もう」

せっかく関係改善にむけて努力しようとしていた気持ちが萎《しぼ》んでしまう。

しばらくはテオドールの私室で寝泊まりをして、帰宅したところで話をするつもりだったのに。当の本人が国内にいないのでは、待っていても意味はない。

仕事とはいえ、慌ただしく出立したのは自分へのあてつけだろうか。

そんなことをする人ではないとわかっていても、やはり切ない。

恋しい気持ちがあるから、余計に取り残されたように感じてしまう。

感情のやり場がなくなってしまったことにうなだれながら、ルシールはこれからの日々をどうすべきか頭を悩ませることになった。

だが、意外にもその悩みはすぐに解決することになる。

テオドールが出立して三日後。なんと両親と弟のジスランが揃って公爵邸に遊びに来たのだ。

「お母様にお父様！　ジスランまで！」

「ああ、久しぶりねルシール」

三人とも数日間は滞在してくれるという。

「以前から、テオドール様に遊びに来るようにと声をかけられていたんだ。お前は公爵夫人としての務めや、仕事があるだろう？　ゆっくり帰省させてやれないことを随分心配していらしたぞ」

「そう、だったんですね」

まさかテオドールがそんな気を回してくれていたとは知らず、ルシールはとても驚いた。

突然のことであったが、やはり家族との再会はとても嬉しく、離れていた日々を埋めるかのように楽しい時間を過ごすことになった。

特にジスランは、大喜びで常について回ってくるほどだった。

手紙ではやりとりをしていたが、少し見ない間にジスランはとても成長していた。母によく似た顔立ちからあどけなさが抜けはじめているのがわかる。いつの間にか身長も伸びた。この勢いならば数年のうちに追い越されてしまうだろう。

「うわぁ、さすがにラクロワ公爵家の図書室ですね。貴重な本がいっぱいだ」

「どの本でも好きに読んでいいわよ」

「それは嬉しいです」

目を輝かせて本棚を見つめるジスランの笑顔はとても眩しい。

その手が伸びるのは、以前から好んで読んでいた冒険譚《ぼうけんたん》や図鑑ではなく、経営学にまつわるものだ。

ページをめくる動きから、背伸びして選んだわけではなく、本気で学びたいと思っているのが伝わってくる。

まだ小さな子どもだと思っていたのにと、感慨深さで胸がいっぱいだった。

「義兄上が紹介してくださった家庭教師の皆さんは本当に素晴らしい方々ばかりなんです。毎日の勉強がとても楽しくてなりません」

「よかったわね」

「はい！　姉上が心配しなくてすむように、僕、がんばります」

うっかり目頭が熱くなるのはテオドールの件で心が少しばかり弱っているせいだろうか。

「……父上たちから聞きました。姉上はこれまでずっと我が家のために頑張ってくれていたんですね」

「ジスラン」

「義兄上の手助けがなければ、我が家は今頃どうなっていたかわかりません。それに、姉上が始めてくださった新しい商売のおかげで、領地もずいぶんと活性化しています」

ルシールを見るジスランの笑顔は、やはりどこか大人びて見えた。

おそらくテオドールがバリエ家に派遣した家庭教師などの人材から、これまでの経済状況を知らされたのだろう。

「父上たちも反省して、今はしっかりと領主らしい仕事をしていますよ。騙され癖はまだ抜けてないけど、改善したと思います」

「まあ」

「僕も目を光らせてますから、安心してください」

どん、と胸を叩いてみせる仕草の頼もしさに頬が緩む。

「本当に大人になったのね」

守ってあげなくてはならない、小さな弟はもうどこにもいないのかもしれない。

これまでずっと家のために頑張らなければと気負っていた気持ちが、軽くなったような気がした。

「……実は、義兄上と約束したんです」

「テオドール様と？」

「姉上たちの結婚式の少し前、義兄上が一人で我が家を訪ねてきたことがあって……」

初耳だった。

テオドールからは何も聞いていないし、両親からもそんな話を聞いた記憶がない。

「義兄上は、姉上をかならず幸せにするから安心してほしいと挨拶に来てくださったんです。元王族で公爵である自分に嫁がせるのは不安もあるだろうが、決して不幸にはしないって」

「……！」

想像もしていなかった告白に、ルシールは言葉を失った。

（どうして。私たちは契約結婚なのに）

「すごい惚気《のろけ》だなって思ったんです。でも、今ならわかります。義兄上は本当に姉上を愛してらっしゃるんですね」

「それは……」

「姉上も、義兄上を深く愛してらっしゃるのがわかります。義兄上の話をするときの姉上は、とても綺麗だ」

ジスランの笑顔に言葉が詰まる。

「早く義兄上が帰ってくるといいですね」

今すぐテオドールに会いたいと思ってしまった。

もうだめだ。この気持ちを隠すことなんてできない。テオドールのことが恋しくて愛しくてたまらない。別れの日が来るなんて、想像だってしたくない。

「僕たちに屋敷に来るようにって言ったのも、きっと姉上が寂しくないようにするためだと思うんですよ」

「ええ」

「本当に素敵な方ですよね。僕も、あんな大人になりたいです」

「きっとなれるわ、と言いたいけれど、テオドール様では理想が高すぎないかしら？」

「うわ、姉上酷い！」

頬を膨らますジスランの顔は幼い頃と何も変わらない。

（……神様。もういいですか？）

陣痛で苦しむ母を救いたい一心で、ルシールは神に祈った。

ジスランが無事に大人になるまでは、家族のためだけに生きると。

でも、もう十分のような気がする。成長したジスランや家族に、ルシールは必要ない。

自分のために生きてもいいのではないだろうか。我儘を言っても許されるのではないだろうか。

愛する人を全力で愛することに、残りの人生を賭けてもいい気がする。

(テオ様に会いたい。顔を見て、この気持ちを伝えたい)

ルシールの恋心を知ったテオドールがどうするかなんてわからない。もしかしたら、契約の妻にはふさわしくないと捨てられてしまうかもしれない。

それでも、この気持ちを伝えたかった。

自分では力不足かもしれないけれど、愛されることに不慣れなテオドールを、包んであげたい。

(早く帰ってきてください)

焦がれる気持ちを噛みしめながら、ルシールは異国の地にいるテオドールを想った。

第五章　切なる告白

久しぶりの家族水入らずをたっぷりと堪能したルシールの心は晴れやかだった。

頼りないとばかり思っていた両親も、かなり考えを改めてくれてこれからはジスランのために努力していくと言ってくれたのだ。

そのやる気を自分がいるときにみせてくれていればと恨めしく感じるかと思ったが、不思議とそういう気持ちは湧いてこなかった。

もうこれからは別の人生を歩んでいくのだ、とようやく理解できたからなのかもしれない。

遅すぎる親離れを叶えたことで、両親たちが帰宅するという日になっても、寂しさは感じなかったくらいだ。

「ルシールは小さな頃からいつもしっかりしてて……甘えてた私たちを許してね」

馬車に乗り込む直前、目を潤ませながら手を握ってくれたセリナの言葉に胸がいっぱいになる。

これまでの努力が報われたような気がした。

「これからもテオドール様と仲良くね」

「ええ、がんばるわ」

想いを告げたあとにテオドールとの関係がどう変化するかはわからなかったが、契約結婚である以上すぐに離婚とはならない。

根性と粘り強さにはそれなりに自信がある。たとえ同じだけの気持ちを返してくれなかったとしても、愛していると伝えることはできるはずだ。

たとえ報われなくても、テオドールに愛情を注いであげたい。きっとそれは楽しくて幸せな時間になるような気がする。

「テオ様が戻ったら、いっぱい話をするつもりよ」

「ふふ……あら、そういえば昔、あなたにテオという名前のお友だちがいたわよね」

「え……？」

そんな相手がいただろうかとルシールは首を傾げる。

「ほら、ジスランを生んだ隣国の町で……私は会えずじまいだったけど、あなたからよく名前を聞いたわ」

当時を懐かしむようにセリナに、当時の記憶が蘇《よみがえ》ってくる。

寝てばかりだった身重の母と一緒にいるのが嫌で、よく外で遊んでいたルシールには確かに友だちがいた。

それは自分とさほど変わらぬ男の子。黄金色の髪に、やさしい緑の瞳をした少年。テオ、と名乗った彼の笑顔が、テオドールに重なる。

「……！」

両親はおらず、年の離れた兄に育てられていたというテオ。身体が弱く、療養するためにあの場所で暮らしていたと言っていた。

兄に捨てられたと泣いていたテオに一緒に手紙を書こうと声をかけた。毎日暗くなるまで駆け回った。

なぜ、今の今まで忘れていたのだろうか。

「テオが、テオ様……？」

どうして言ってくれなかったのだろうか。

思い返せば、あのパーティの日、テオドールは何か言いたげだった。

きっと最初から気がついていたに違いない。

ルシールの動揺に気がついたらしいセリナは軽く目をみはると、優しげな笑みを浮かべながら頭を撫でてくれた。

「どうやら、あなたたち夫婦には話すべきことがたくさんあるみたいね」

「そうみたいです……」

「夫婦というのは一朝一夕で結ばれるものではないの。共に暮らしてたくさん話をするうちに、お互いにかけがえのない存在になっていくのよ。慌てなくていい、あなたたちの望む形で幸せになれることを願っているわ」

何もかもお見通しのような顔をするセリナに、今度はルシールが目をみはる。

「お母様……いつから」

「これでも母で女ですからね。娘が恋をしているかどうかくらいわかるわ」

きっと、ルシールとテオドールの結婚が恋愛結婚ではないことにセリナは気がついていたのだろう。

口出しせずに見守ってくれていた母の思いやりに、泣きそうになる。

「だから、今のあなたがどんな気持ちでいるのかもよくわかるの。大丈夫、出会った瞬間に落ちるばかりが恋じゃないわ。重ねた日々で得られる愛だって、間違いなく本物よ。私とお父様のようにね」

茶目っ気たっぷりに片目を閉じてみせるセリナに、両親の深い繋がりを感じる。

彼らのような夫婦になりたいと心から思えた。

「あなたの幸せを願ってるわ」

「はい」

次に会うときは、もっと違う顔を見せてあげたい。

力強く頷きながら、ルシールはセリナの手を強く握りしめたのだった。


両親が帰ったあと空っぽになってしまったような静けさに包まれていた公爵邸だったが、ほぼ入れ替わりでテオドールの帰宅予定を知らせる伝令が届いた。

無事に用事を済ませ、何ごともなければ二日後に戻ってくるらしい。

飛び上がりたいほどの喜びに包まれたルシールは、さっそく出迎えの準備に取りかかった。

帰宅したときに少しでも居心地良く感じてほしくて、あれやこれやと用意する時間はとても楽しい。

早く会いたい。お互いに隠しているあらいざらいを語り合いたい。

文字通り浮き足立つように過ごした二日間はあっというまだった。

だが、手紙で知らされた予定の時間になってもテオドールを乗せた馬車は現れない。

「もしかして、城に戻っているのでしょうか」

不安そうな顔の執事に、ルシールも当惑した表情を浮かべる。

まさかまだあの日のことを引きずっているのだろうか。城まで迎えに行くべきかと思い悩んでいると、正門の方から誰かの声が聞こえてきた。

もしかしてテオドールが帰ってきたのだろうかと、屋敷から出てみれば、城でよく見かける近衛騎士の制服を着た男性が、門番と何やら言い争っている。

「……だから、急いでいるんだ！」

「お約束のない方を屋敷に入れるわけにはいきません。今、人を呼んできますから、待ってください！」

「うるさい！　公爵閣下が大変なのだ、今すぐ奥方に……」

聞き捨てならない一言にルシールは立場も忘れて走り出していた。

「テオドール様に何かあったのですか！」

「奥様！」

ルシールが来たことに気がついた門番の声に、近衛騎士の服を着た男がやけに大きな声を上げた。

「あなたが公爵閣下の奥方ですね！」

門にしがみつきながらルシールに呼びかける表情には焦燥感と必死さが宿っている。

嫌な予感にうなじの毛が逆立った。

「実は、公爵閣下の乗った馬車が横転事故を起こしたんです！」

「そんな！」

「今、城で手当を受けている最中なのですが、奥様のお名前をずっと呼んでいらっしゃって……」

思わず門扉に駆け寄り、ルシールは男にすがるようにして悲鳴じみた声を上げた。

「夫は……テオドール様はご無事なのですか」

「意識が混濁しているようです。奥様の声を聞けば、回復するかもしれないと医師がもうしております」

息が詰まる。もしこのままテオドールに何かあればという恐怖で、足がガクガクと震えてしまう。

「わかりました。すぐに参ります。誰か、馬車を！」

すぐに準備をして出立しなければと使用人に声をかける。

だが男がそれを差し止めた。

「馬車は私が乗ってきたものがあります。準備の時間も惜しいはずです。どうか、ご同行ください」

男の背後には既に準備が整った馬車があった。きっとこれに乗ってここまで来たのだろう。

わずかな迷いが生じるが、確かに今から屋敷の馬車を準備していたのでは時間がかかってしまう。その間に何かあれば悔やんでも悔やみきれないことになるのは明白だ。

「わかりました」

「奥様、私も同行します」

声を上げたのはずっと横に控えてくれていた執事長だ。彼はテオドールが公爵になったときからこの屋敷に仕えている聡明な人物で、信頼ができる。一人で向かってもルシールにできることは少ない。何かあったときに動いてくれる存在は必要だった。

「ええ、お願い。かまいませんよね」

男に問いかければ、当然だとでも言いたげに頷いてくれた。

執事長もまた、青白い顔をしながらも深く頷く。彼もまたテオドールを案じてくれているのだろう。

「では、急ぎましょう」

門扉を開け、着の身着のまま執事長と共に馬車に乗り込む。

不安そうな顔をしている門番に、屋敷の馬車の準備ができ次第、追いかけてきてくれるように声をかけながら馬車の扉を閉めた。

それを合図に、馬車が勢いよく走り出す。

(テオドール様、どうかご無事で)

顔の前でぎゅっと手のひらを握り合わせ、ルシールは神に祈った。

まだ何にも伝えていないのだ。話したいことや聞きたいことがたくさんある。このまま終わりになんて絶対にしたくない。

（神様。どうかテオドール様をお救いください）

今度は何を差し出せばいいのだろうか。

混乱と悲しみで潤む視界で、ルシールは窓の外に目をやる。城まではあとどれくらいだろうか。

「……あら？」

車掌から見える景色に違和感を覚える。思わずこぼれた声に執事長も顔を上げ、同じように窓の外を見て、息を呑んだ。

「あの、この馬車は、城に向かっているんですよね？」

それにしては見える景色が不自然だった。公爵邸から王城までは、大きな街道をまっすぐに進む以外に道はない。だが、いま窓から見える光景は、人気のない森へと向かっているのがわかった。

この緊急事態に道を間違えたのかと、向かいの座席に座っている男に視線を向ければ、悪辣な色を宿した瞳がこちらを見ていた。

一瞬にして、別の意味で動悸が速まる。

「あなた……本当に近衛騎士なの？」

問いかける声は震えていた。動揺を気取られたくないのに、うまく取り繕えない。

執事長がルシールを庇《かば》うように腕を伸ばし、腰を浮かせて男への警戒態勢を取った。

嫌な汗が背中を流れる。テオドールの怪我《けが》という言葉の衝撃で冷静な判断ができなかったことに思い至り、血の気が引いていく。

「思ったよりも早く気がついたな。てっきりもっと考えなしな女かと思ったが」

男の口調ががらりと変わる。乱暴な言葉遣いに、彼が近衛騎士などではないのがすぐにわかった。

「ご明察。俺は近衛騎士なんて上品なもんじゃない。ある人に頼まれて、あんたを誘拐したんだ」

に、と口の端を吊り上げる男の顔は凶悪だ。

「貴様！」

執事長が声を上げ飛びかかろうとするが、それよりも早く、男の足が執事長の腹を蹴った。同時に懐から短剣を取り出し、その切っ先をルシールへと向けた。馬車の振動にあわせて煌めく鈍色《にびいろ》の切っ先が、まっすぐに喉元に伸びる。

痛みをこらえるように呻く執事長が馬車の床に倒れ込む。その背中を男は容赦なく踏みつける。

「余計なことはしない方がいい。俺の仕事はあんたを連れて行くことだけだ。このジジイに関しては指示を受けていない。今すぐこの馬車から放り出してもいいんだぞ」

「っ……」

口調や表情から伝わる本気に、ルシールは言葉を呑み込む。

もし言葉通り走っている馬車からこのまま投げ出されたら、執事長は無事ではすまないだろう。

「わかりました。大人しくしていますから、その足をどけてください」

「妙な動きをしたら刺す。わかったな」

執事長を助け起こしながらルシールは静かに頷いた。ここで暴れても、おそらく意味はない。窓から見える景色はすでに知らない場所だ。二人して外に飛び出してもきっと逃げることは叶わないだろう。

「すみません奥様」

「いいの。あなたは大丈夫？」

「はい……」

そう頷きながらも執事長の顔は真っ青だ。腹を蹴られたのだから、内蔵が傷ついている可能性もある。医者に診せなければと思うが、男に言ったところで無駄だろう。無力な自分に腹が立つ。

「……私たちをどこに連れていくつもりですか」

「着けばわかるさ」

どうやら教えてくれるつもりはないらしい。今できるのは、ただ静かに好機を待つことだけだ。

それからしばらくして、ようやく馬車が止まった。

「降りろ」

先に降り立った男に促され、ルシールは執事長の身体を支えながら外に出る。

見たこともない場所だ。周囲は林に囲まれ、陰気な空気に包まれた巨大な屋敷が建っている。

「ここは……」

問いかけるが男は答えない。いつの間にか周りには数名の物騒な顔立ちの男たちが集まっており、ルシールたちを取り囲む。

「あんたたちに会いたがっている人は中にいる」

緊張で乾いた口内を湿らすように唾を嚥下したルシールは、決して恐怖の顔を見せまいと表情を引き締めたのだった。

屋敷の中は薄暗く調度品には布がかけられていた。歩く度に舞い上がる埃《ほこり》からも、普段は使われていない場所なのがわかった。

階段を上り、奥の部屋へと案内された。ひときわ豪奢《ごうしゃ》な飾りが付けられた大扉は悪趣味で、見ているだけで嫌な気分になる。

「お待ちかねの客人を連れてきましたぜ」

「入れ」

男の声に応えたのは、また別の男性だった。聞き覚えのない声音にルシールは執事長に目線を向ける。だが、執事長も心当たりはないらしく、小さく首を振った。

重たい音がして大扉が開く。

廊下と違い明かりがともされた室内はやけに明るく、掃除されているのがわかった。大きなソファ以外には調度品などはなく、がらんどうな空間が広がっている。

中央に、一人の男性が立っていた。

ひと目でわかるほどに仕立ての良い服を身にまとい、宝石をあしらった杖《つえ》を持つ姿に妙な迫力があった。灰色の瞳がじろりとこちらを睨み付けている。

思わず立ちすくめば、別の場所からくすくすと押し殺したような女性の笑い声が聞こえてきた。

「そんなに怯えなくても大丈夫よルシール様。お父様はあなたを取って食べたりしないわ」

聞き覚えのある声に弾かれたように視線を動かせば、壁際に美しい女性が立っていた。

深い緑色のワンピースに身を包み、黄金色の髪を結い上げた人形めいた美女、フェリシーだ。

「フェリシー様？　なぜここに……それにいま、お父様、と」

再び男性に目線を向ければ、どことなく顔立ちが似ているのがわかった。

「お初にお目にかかる。私はエバンス・オリオル。そこにいるフェリシーの父親だ」

低い声には妙なゆらぎがあり、耳にするだけで総毛立つような恐ろしさがある。

「オリオル伯爵様、ですね」

「そうだ」

大儀そうに頷くオリオル伯爵は眉ひとつ動かすことはない。ルシールを見つめる瞳にはなんの感情も見えなかった。

（どうしてオリオル伯爵が……？　しかもフェリシー様まで）

理由がわからず、ルシールは困惑する。

「なぜここに連れてこられたのかわからないという顔をしているな」

「そうですね、わかりません」

「……ふん。あの男が妻に選んだ娘だけあってずいぶんと生意気だな。似合いの夫婦のようだ」

あの男、とはテオドールのことだろう。口調に混じるあからさまな侮蔑に不快感がこみあげる。

「どうして私を？　テオドール様はご無事なのですか」

「質問していいとは言っていない。うるさくすれば、その年寄りを切り捨てるぞ」

「っ……」

背後には例の近衛騎士の扮装《ふんそう》をした男がまだ立っていた。ルシールは悔しさに唇を噛みながら、オリオル伯爵を見つめる。

「残念ながらあの男は無事だ。少々回り道はしてもらったが、そろそろ帰宅した頃だろうな」

嫌味の籠もった口調ではあったが、テオドールが無事だという言葉にほっと息を吐く。

（一体何が目的なの？）

窓際に立ったままのフェリシーは、この状況に興味がないのかぼんやりと窓の外を眺めている。

この不可解な状況が飲み込めず、緊張で速まった鼓動が内側から身体を揺らす。

「さて、君を呼んだのは他でもない。君の夫を脅す道具になってもらいたい」

「は……？」

思わずまぬけな声がもれる。

「なんのことかわからない、という顔だな。君は、自分の夫が何をしているのか知らないのか？」

「……隣国から新しい医療をこの国に持ち込もうとしていることは知っています」

「そうだ。そのせいで私が持っている事業のいくつかが廃業に追い込まれる可能性がある。

大損害だ。王族の立場を捨て、我が娘に恥を掻かせただけでは飽き足らず、私の邪魔まですするとは。さすがに卑しい女の生んだ庶子だ」

「なっ……！」

あまりの言葉に目の前が怒りで真っ赤に染まる。オリオル伯爵は明らかにテオドールを見下し、侮蔑していた。

「私に従っていれば、王にしてやったものを。まったく腹立たしい。これ以上、あの庶子に大きな顔をさせるのは私のプライドが許さないのだよ」

「……あなたが許す必要はないわ」

我慢できずに口にした反論の言葉に、オリオル伯爵の片眉が吊り上がる。

「まったく……夫が夫ならば妻も妻だな。不愉快だ」

「だから言ったではないですかお父様。どうして直接お話しになろうとしたの？　最初から地下牢にでも放り込んでおけばよかったのに」

これまで無言を貫いていたフェリシーが、呆れきった声を上げる。カツカツとヒールの音をさせながら近づいてきた彼女は、艶然と微笑みながらルシールと見つめ合う。

「ルシール様。あなたが悪いのよ？　わたくしの言葉を信じて、テオドール様を諦めればよかったのに」

「そんな嘘に騙されると？」

「ふふ。嘘も貫けば真になると言うでしょう？　てっきり、疑心暗鬼になって関係が危うくなるかと思っていたのに、まったくそんな気配がないんだもの、つまらないわ」

拗ねた子どものように唇を尖らせるフェリシーに、ルシールは理解できないものを見るような視線を向けた。

「でも誘惑の手間が省けたのはよかったわ。あなたが誘拐されたと知れば、テオドール様はすぐに脅迫に屈するでしょうから」

無邪気な微笑みにぞくりと肌が粟立った。

「そんなこと……」

「ないとは言い切れる？　あなたは間違いなくテオドール様に愛されているわ。腹立たしいほどにね。このわたくしを捨てて、こんな女を選ぶなんて、ほんとうにどうかしてる」

はじめてフェリシーの表情に笑み以外のものが浮かんだ。怒りと憎しみに塗れた顔は、造形が美しいだけに震えたつほどに恐ろしい。

「まあいいわ……役に立つ間は殺さないでおいてあげるから」

すぐに元の美しい笑みを浮かべたフェリシーは、軽やかな足取りで父親の横に並び立った。

ルシールは奥歯を噛みしめ二人を睨み付ける。こんな卑怯な人たちに利用されることが腹立たしくてならない。

（テオドール様……！）

心の中で名前を叫ぶ。どうか捨て置いて忘れてほしい。足かせになどなりたくない。いっそ、彼らに利用される前に自分で死んでしまおうか。だが、死んだことを隠されたら余計迷惑がかかる。なんとしても生き延びて逃げ出さなくては。

（でも、どうすれば。執事長もいるし、無理には動けない）

先ほどから黙ってしまった執事長の額には脂汗が滲んでいた。早く医者に診せなければ。焦りで喉がひりつく。

「とりあえず、この女を地下牢へ。執事は殺せ」

「なっ……！」

「人質は一人で十分だからな」

「やめて！」

ルシールは執事長の身体に覆い被さる。残酷な笑みを浮かべた男たちがじりじりと近寄ってくるのが見えた。

（もう、だめ……！）

絶望に心が沈みかけた瞬間、きっちりと閉まっていた大扉が歪な音を立てた。床が揺れるほどの衝撃に、男たちの動きが止まり、オリオル伯爵の笑みが凍る。

「何ごとだ……！」

男たちがルシールを取り囲むのをやめ、扉へと身体を向けた。

再び大きな音がして、外開きのはずの扉が内側へとこじ開けられ、蝶番《ちょうつがい》が外れて床に倒れてくる。轟音《ごうおん》とともに埃が立ち上がった。

「……！」

白もやの向こうに佇《たたず》む人影にルシールは息を呑む。鼻の奥がつんと痛み、瞳に涙の膜が張る。

「ルシール！　無事か！」

「テオ様‼」

軍服に身を包んだテオドールがそこに立っていた。手に握られた剣が、鈍く光っている。

「なっ……どうしてここに……！」

「私を侮ってもらっては困るよ伯爵。ルシールを誘拐して脅そうとはいい度胸だ」

「は……なんのことだか」

「この状況で言い訳とは貴殿にしてはずいぶんと浅はかだな。外の連中は既に捕えた。私の仕事に何度も横やりを入れてきた証拠も摑んでいる。いまさら、言い逃れはできないぞ」

「……」

たたみかけるようなテオドールの言葉に顔色を悪くしながらも、オリオル伯爵は微動だにしない。

　憎々しげにテオドールを睨み付けながら杖を持つ手に力がこもっているのだけがわかった。

「テオドール様！　ちがうの！　これは誤解なのよ！」

　フェリシーはまるで空気が読めていないのか、瞳に涙をためながらわざとらしいまでの甲高い声を上げテオドールへと駆け寄る。今にもすがりつきそうな距離へと近づいた瞬間、テオドールはためらいなくフェリシーへと切っ先を向けた。

「ひっ……！」

「近寄るな毒婦が。貴様には夫であるデフォール伯爵に毒を盛った容疑がかかっている。財産目当ての夫殺しは重罪だぞ」

「なっ……どうして！」

　悲鳴を上げたフェリシーの顔色が変わる。

「彼がここ数年、まともに表舞台に立っていないことは有名だったからな。領地に医者を派遣して調べさせたんだ。薬で夫を寝たきりにさせ、財産を自由にするとは思い切りがいい手法だ。父親譲りだ」

「っ……」

「オリオル伯爵。貴様がこれまでにも怪しげな薬を使ってずいぶんと勝手をしていたこと

はわかっている。この国の医療が発達していないのを逆手に取ってな。だが、これからはそうはいかないぞ」

「は……若造が。私がこれまでどれだけ王家に貢献してきたと思っている」

「残念だが庶子である俺には関係のないことだ。連れて行け」

テオドールの合図により、兵士たちが室内に流れ込んでくる。男たちは抵抗空しく捕らえられ、フェリシーは何か叫んでいたが引きずられるように連れて行かれた。オリオル伯爵は縄を拒み、自らの足で退出していく。去り際にテオドールとルシールを睨み付けた視線の鋭さに、その執念を感じたような気がした。

「は……」

脂汗を浮かべてうずくまっていた執事長も、無事に介抱されながら運ばれていく。

緊張から解き放たれたルシールは、その場に倒れ込みそうになる。

テオドールの腕が身体を支えてくれなければ、痛い思いをしていたことだろう。

「大丈夫か！」

「テオ様」

「すまない。もっと早くに来るべきだった。まさか連中がこんな強引な手段を使ってくるとは……本当にすまない」

「いいんです。来てくださっただけで、十分だわ」

自分からテオドールに手を伸ばしぎゅっとしがみつく。ほんのり汗ばんだ身体から、どれほど急いで駆けつけてくれたのかが伝わってくるようだった。

「お慕いしていますテオドール様」

気がついたときには、言葉が溢れていた。

「契約の妻という立場にありながら、あなたにこんなに惹かれてしまった私の弱さを許してください」

好きになってしまった。助けに来てくれたとわかったとき、泣き出したいほどに嬉しかった。きっと、この先テオドール以上に誰かを愛することなんてできないだろう。

「ルシール……？　突然何を……」

戸惑うテオドールの声に胸が締め付けられる。きっと迷惑なのだろう。わかっていたことだが、やはりそんな態度を取られると悲しい。

「突然ではありません。テオ様と過ごすうちに、私はあなたをどんどん好きになってしまった。どうしてくれるんですか」

「どうしてって……では、本当に？」

「信じてもらえないのはわかってます。これまで言えなかったし……でも、あなただって私に秘密にしていたでしょう、テオ」

がばりと身体を離し、ルシールの顔を見つめるテオドールの瞳はまんまるだ。

その驚愕の表情に少しだけ胸がすく。

「テオって……もしかして、思い出した、のか」

「ええ。どうして話してくれなかったの？　忘れてた私もだけど、言ってくれたら……」

「……あの頃の俺は、情けなかっただろう？」

「え？」

肩を抱く腕がわずかに振るえていた。

「ガキでみっともなくて……君に好きになってもらえる要素なんて何もなかった。あのテオが俺だと気がついたら、君は俺を意識してくれなくなるんじゃないかと思って、告白できなかった」

「えっと……？」

何を言われているのかわからず、ルシールは困惑する。

テオドールの紡ぐ言葉の中に、何かとんでもない単語が含まれていた気がするのに、理解が追いつかない。

「ルシール。君が俺を好きだというのは本当かい？　俺の都合のいい夢じゃ、聞き間違いじゃない？」

一心に問いかけられ、ルシールはおずおずと頷く。どうしてテオドールが、こんなに必死なのだろう。

「ああ、ルシール！」

「きゃあ！」

先ほど以上にきつく抱きしめられる。

たくましい腕が、全身を包むようにまわされ、髪型が変わるほどに力強く頬ずりをされているのがわかった。

「愛してる。愛してるよルシール。本当は出会ったその日から……いや、君を知ったあのときからずっと好きだった」

「……うそ」

「嘘なものか。ルシール、大好きだ。君だけをずっと愛してたんだ」

熱烈な言葉に頭の芯がじんとしびれた。ずっとこらえていた涙が、ぶわりと溢れる。

やり場を見つけられず床に落していた腕を、テオドールの背中に回した。広く大きな背中にすがりつくようにしがみつく。

「わ、私も、好きです……大好き」

もっと伝えたい言葉があったはずなのに、喉や顎が震えてまともに喋れない。感情が溢れて止まらなかった。

「帰ろうルシール、私たちの家に」

優しい声に頷きながら、ルシールはテオドールの胸に額を押しつけたのだった。

テオドールと共に屋敷に帰り着いたときにはすっかり夜も更けていたが、使用人たちは総出で出迎えてくれた。

涙ながらに無事を喜ばれたのもつかの間、全身あちこち汚れていたことに気がついたメイドたちによりあたたかな風呂に入れられ寝室に運ばれることになった。

緊張と疲労でこわばっていた身体がほぐれ、ようやく一息ついたところで、同じく着替えを済ませたテオドールが寝室に入ってきた。

「テオ様……きゃあ！」

声をかけようとしたのと同時に駆け寄られ、きつく抱きしめられる。

まるでルシールがそこにいるのを確かめるように全身をなで回され、そんな空気でもないのに身体がじわりと熱を帯びてしまう。

「ルシール……ああ、よかった。本当によかった」

「もう……馬車の中でも散々無事を確認したでしょう」

苦笑いを浮かべるルシールに、テオドールが子どものように首を振った。

「それでもずっと不安だった。ようやくこの部屋に君と戻れたことが本当に嬉しい」

噛みしめるような言葉に、胸の奥がきゅうっと締め付けられる。

屋敷から助け出されたあと、抱きかかえられたまま馬車に乗り込んだルシールはテオドールから結婚に至るまでの真実をようやく聞かされたのだった。

テオドールが抱えた暗い過去と苦しみには胸を痛め、幼い頃の出会いでテオドールがどれほど救われたのかという語りでは、逃げ出したいほど恥ずかしくなった。

そして、遅すぎる初恋の自覚で味わった後悔と悲しみを聞かされたルシールは、うっかり泣いてしまったくらいだ。

もっと早く思い出していたら、こんなに遠回りなんてしなくてよかったのに。

「ルシール」

ようやく見つめ合うことができたテオドールの瞳は、とろりと甘く蕩けている。

これまでも散々見つめ合ったのに、こんなに情熱的な微笑みははじめてで、いたたまれなくなってしまう。

やんわりと胸板を押し返して距離を置こうとするが、すぐさま腰を抱かれて引き寄せられる。

お腹のあたりに触れたテオドールの股間部分が既に硬く育っていることを肌で感じ、ルシールは頬を熱くさせた。

「ああ……ようやく君を本気で抱ける」

「っ……！　これまで、本気でなかったとおっしゃるの⁉」

「まさか。ずっと愛しくてたまらなかった。でもそれを伝えながら抱くことはできなかった……だって、俺たちは契約結婚だったから」

切なげな声音が鼓膜を撫でる。

抱き寄せられ、髪や額、耳たぶにキスが落とされる。

背中を撫でていた手がゆっくりと滑り、腰から足への曲線をゆるやかに撫でおろした。

「ひやっ……あ、待って」

「待ちたくない。君の存在を確かめさせて」

「んんっ……」

顎をすくった手によって上を向かされ、噛みつくようなキスを与えられる。唇ごと食《は》まれ、唇を舌で割られた。口腔に入ってきた舌が、歯列を舐めて奥に入れてと訴えてくる。

おずおずとかみ合わせを開けば、待ちかねていたように熱い舌が入り込んできて、口の中を舐めまわす。舌の腹同士をすりあわせるようなキスに、足の力ががくりと抜けた。

「おっと……続きは寝台だね」

「も、う……」

息も絶え絶えに睨み付けても、テオドールは嬉しそうに笑うばかりだ。

軽々と抱え上げられ寝台の上に二人一緒に寝転がる。

その間もずっと唇を啄まれ、呼吸がままならない。髪や首筋を撫でていた手がするりと下りて、薄い寝衣を軽々と剝ぎ取っていく。

湯上がりの柔らかな肌からはすり込まれた香油の匂いが立ち上っている。首筋に鼻先を埋めたテオドールが、それを楽しむように大きく息を吸い込んだのがわかった。

恥ずかしさに身をよじろうとしても、強く抱きしめられていて逃げ出せない。

「ルシール。君の全てが愛しいよ」

「も……あっ、だめっ……舐めない、でぇ」

喉元や鎖骨に押し当てられていた唇が、肌をなぶる。

味わうようにじっくりと這《は》わされる舌の感触に、腰がわなないた。お腹の奥からとろりと蜜が溢れ、太ももを濡らしてしまう。

「んっ……あっ……んっう！」

キスの嵐が鎖骨から下りて、胸の膨らみへと辿り着く。ちゅっちゅとわざとらしいほどの音を立てながら白い肌が赤くなるまで吸い上げられる。

期待で硬くなった先端にはあえて触れずに、じらすように色づいた部分の際を舐められ、ルシールは思わず非難めいた声を上げた。

「なんでぇ」

「久しぶりすぎて……ああ、こんなに赤くなって。俺を待ってたんだね」

ふうっと熱い吐息を吹きかけられ、ルシールは甘く喘いだ。まだ何もされていないのに、胸の先端がじんじんと存在を訴えている。

「そんな目で見ないでもちゃんと愛してあげるよ」

「はううっ……」

ぱくりと先端を咥えられ、甲高い声が出てしまう。散々じらされたせいで、しびれるような衝撃が身体の中を駆け巡った。

強く吸われ、硬くしこった先端をちろちろと舌ではじかれれば、それだけで身体の奥が弾けそうなほどに気持ちよくなってしまう。

「や、吸わないでぇ」

そこが取れてしまいそうなほどに強く吸い上げられ、心臓まで飛び出てきてしまいそうな気がした。

もう片方の先端も指先でつままれ、きゅうっと押しつぶされてしまう。信じられない位の甘えた音色の声が、濡れた唇から止まらない。

テオドールの頭を引き離したくて伸ばした手は、甘えるように黄金色の髪をかき混ぜるしかできなくなってしまう。

「あ、あうぅん……」

「本当にかわいい……もっと味わっていたいけど、今日はこっちも、ね？」

「え？　あっ、だめぇっ⁉」

乳嘴から唇を離したテオドールが胸の谷間から腹部に向かってキスを落としながら、ゆっくりと下腹部へと顔を向かわせた。蕩けた思考と力の抜けきった身体は咄嗟に抵抗を思いつけず、両足を抱えるようにして広げられたところでようやく我に返るが、遅かった。

抵抗できないように両足を肩に担ぐようにして強制的に広げられる。

自分だってろくに触れない内股に、テオドールの体温をありありとかんじ、ルシールは恥ずかしさから足をばたつかせた。

「だめ、そんなとこ……ああっ！」

まだ開ききっていないあわいをべろりと舌でなぞられた。力が抜け、腰が浮き上がる。

「すごく綺麗だ」

「や、ぁ、だぁ……ひぅ……！」

指で秘所を大きく広げられ、充血した粘膜を弄ぶかのように唇と舌で舐めしゃぶられる。ぷっくりとした花粒を吸い上げられると、過ぎた愉悦に腰が引けてしまう。

「ふふ……逃げたらだめだよ」

「あっんんんっ！」

腰を摑まれて、執拗にそこを舐められ押しつぶされる。舌で転がすように弾かれた瞬間、まだ触られてすらいない蜜口が収斂《しゅうれん》し、物欲しそうにひくつくのがわかった。

「ああ……ここも……ちゃんと舐めてあげるから」

「やぁあぁ！」

生き物のように動く舌が、蜜を溢れさせる泉を探り当て胎へと入り込んでくる。浅い場所を尖らせた舌先で抉られ、内壁までを味わわれる。執拗に粘膜を舐められる感触に、足がぴんと伸び、つま先がきゅっと丸まった。

「だめ、そこ、いく、いっちゃ……」

お腹の奥から突き上げるような快楽がこみあげ、逆らえずに頂を極めてしまう。

その間も絶え間なく溢れる蜜を啜《すす》られ、すっかりとほぐれた隘路に太い指が入り込んでくる。じれったいほどにゆっくりとかきまわされ抜き差しされる。いつの間にか増やされた二本目の指で、内部を広げられ、声が裏返る。

「や、やぁ……も、だめぇ」

自分から腰を突き出すように背中を浮かせてしまう。

開ききった足の間にテオドールの顔が埋まっているのが、耐えられないほどに恥ずかしいのに、揺れる腰が止まらない。

「っ……ああ……俺も、もう、ルシールの中に入りたくてたまらない」

衣ずれの音がして、目線を動かせばテオドールが身につけていた服を全て脱ぎ捨てているところだった。汗ばんだ肌がなまめかしくて、勝手に喉が鳴った。

たくましく勃ちあがった雄槍が存在を主張していた。つるりとした先端にはぷっくりと先走りが滲んでおり、その興奮を伝えてくる。

硬い尖りが入口に押し当てられた。埋めるものを求めてひくつく陰唇が歓喜したようにそれに吸い付く。

熱っぽい息混じりの声はどちらのものかわからなかった。ゆっくりと押し入ってくる熱に、身体がわななく。

「んっ、あっ……おっき……」

みっしりと中を埋める存在感に全身が震える。最奥を目指してじわじわと侵入してくるテオドールの雄槍は、いつもよりも硬く猛っているような気がした。

とん、と突き当たりを小突かれ身体が跳ねる。そのまま、何度もとんとんと尋ねるように最奥を穿たれ、みっともない声が押し出された。

根元まで飲み込んだお腹の上を、大きな手が丸く撫でた。浅く押されると、内部の存在を強く感じて、きゅうっと痛みにも似た刺激が走る。

「だめぇ、おなか、おしちゃぁ」

「俺のが入ってるのがわかる……ああ、かわいいな」

「んぅう……」

内股にくっついていたテオドールの腰が浅く引かれ、すぐにまた奥を突かれる。一撃ごとに、高みに押し上げられ、ルシールは子どものように泣きじゃくった。

「あっ、ひっ、ああっ……や、ぁやぁ」

残酷なほどにゆるやかな打擲《ちょうちゃく》に、何も考えられなくなる。

テオドールの剛直が出入りする部分の感覚だけがはっきりと浮き上がり、腰が抽挿の動きに合わせて淫らに揺れた。

反り返った先端が、一番弱い場所を抉り撫で上げる。

「や、……んんぅう！」

ぐずる子どもをなだめるようなキスで唇を塞がれた。

腰をぴったりと押しつけられ軽く回されながら舌をきつく吸い上げられる甘やかな刺激に、世界が真っ白になる。

呼吸する度にテオドールの存在をはっきり感じて、もっともっと貪欲な気持ちが膨れ上がった。

「ああっ、あっ……ああっ」

だんだんと動きに遠慮がなくなり、肌と肌がぶつかる音のリズムが速まっていく。

すがる場所を求めてさまよっていた手を優しく握られた。指先を絡ませ合うようにきつく手を握り合わせると、二人でひとつの生き物のように錯覚してしまう。

「……だ、好きだルシール……君が、ずっと好きだった」

「あっ……ん、んん……わた、わたしもぉ……すき、だいすき」

「っ……」

ぐんとお腹の中が膨れ上がる。如実に伝わってくる興奮がうれしくて、思わずそれをきゅっと締め付けてしまった。

「ぐ……そんなに締めないでくれ……もたない」

「ひゃあ……」

硬い男根をずるりと急に引き抜かれ、間抜けな声が漏れた。

向かい合っていた体勢から、くるりと身体を反転させられシーツにうつ伏せに倒される。腰を抱えられ、お尻だけを高く上げた体勢にされて、濡れた秘所を指で開かれる。

「んっあ、これ……ああっ」

馬車の中での行為を思い出し、はしたなくも新しい蜜が溢れてしまう。

いつ穿たれるのか見えない恐怖と期待で震える入口に、先端が押し当てられた。

「……っは……！」

ずん、と根元まで一気に突きこまれ呼吸が止まる。先ほどとは違う場所が強く刺激され、腰を進められる度に、開ききった口から嬌声が押し出されてしまう。

「あ、ああっ、テオ、だめ、それだめぇ……」

「うつ……だめなのは何がだめ？」

「またいっちゃ、いっちゃうから……」

自分だけ何度も高みに押し上げられているのが酷く恥ずかしい。

一緒にいきたいと口にする代わりに、きゅうっと絞り上げれば、テオドールが切なげな声を上げた。

「っ……くそっ……煽るな……」

「ああ……!!」

がつがつと強く穿たれ、世界が揺れる。

荒い呼吸と混ざり合う水音が部屋の中に響く。肌をつたう汗の動きすら、刺激になって全身が震えた。

「も、だめぇ……」

「ぐ……っ……」

頭のてっぺんからつま先までを恍惚としたしびれが駆け抜ける。

このままずっと繋がって余韻に浸っていたかったのに、勢いよくテオドールの雄槍が引き抜かれ、背中の上に欲望を吐き出した。

「ごめん、ルシール……」

それは中に出せなかった贖罪《しょくざい》なのかと困惑していれば、肩を掴まれころりと仰向けにされた。

「テオ……?」

欲望に瞳をぎらつかせたテオドールが覆い被さってくる。

唇を吸われ、労るように汗ではりついた髪をかき上げられる。やさしい手つきにとろりと眠気を誘われて目を細めていれば、しどけなく開いた足の間に硬いものが押しつけられていることに気がつく。

「足りないんだ」

獰猛な声で囁きながら喉元に歯を立てるテオドールに、ルシールは息を呑んだ。

これ以上は壊れてしまう、休ませて、と伝えようと顔を向ければ、声音とは真逆の幼気《いたいけ》な視線とかちあってしまう。

甘えるように背中を抱いた手が、ねだるように汗ばんだ肌を撫でている。応えるまでは待とうとしてくれる優しさと健気《けなげ》さに、胸の奥が奇妙な音を立てた。

（ああ、もう）

降参するしかないではないかと泣きたい気持ちになりながら、ルシールは優しくテオドールの頭を掻き抱く。

汗でしっとりと濡れた髪を指で梳き、口づけを落とす。

「……やさしく、してくださいね」

「ああ！」

嬉しそうに弾んだ声を聞きながら、ルシールは再び熱に溺れていったのだった。

公爵夫人誘拐の罪で拘束されたオリオル伯爵は、取り調べの間ずっと無言を貫いた。貝のように黙り込んだ彼に為す術はないものかと思われたが、フェリシーが牢獄暮らしに耐えきれずに自らの罪を告白したことで、芋づる式に伯爵家の悪事はつまびらかにされることになった。

フェリシーは嫁ぎ先のデフォール伯爵が、想像以上に堅実な人間だったことに嫌気がさし、結婚した翌年から少しずつ毒を盛っていたらしい。その毒は、じわじわと命を削る悪辣なもので、デフォール伯爵は緩やかに死に向かい寝たきりになった。

かいがいしく世話をするふりをしながら毒を盛り続けたフェリシーは、デフォール家の財産を自分の豪遊や、実家につぎ込み自由気ままに振る舞っていたそうだ。

毒を与えた張本人であるオリオル伯爵は、これまでにも似た毒を使って商売仇や政敵を表舞台から引きずり降ろしてきたことが明らかになった。彼が使っていた毒は、一見すれば珍しくもない薬草から抽出できるもので目立つ匂いもなく、見た目も変化が現れにくいことが特徴だった。この国の医療では、ただの衰弱死にしか見えなかったのだ。

だが、テオドールが隣国から招いた医師によって毒の正体が判明し、デフォール伯爵をはじめとした生きている被害者たちは快方に向かっているという。

＊＊＊

秋色に染まりはじめた庭園のガゼボでお茶を飲みながら話を聞いていたルシールは、感心したように大きく頷いた。

「もしかして、テオドール様が隣国と医療協定を結んだのは、このためだったんですか？」

オリオル伯爵の暗躍に胸を痛めていた国王を助けるため国を巻き込んだのだとしたら。兄思いのテオドールならばやりかねないと、勝手に納得しようとしていたルシールだったが、向かいの席に座る当人の表情はどこか渋い。

「……そういう思惑があったことは否定しない。でも、本当の目的は別にある」

「え？　別にって……」

この国の医療を進めることには大賛成だが、テオドールがそこまで必死になる理由がわからずルシールは大きく瞬く。

「隣国には、妊娠を専門に扱う医師がいるんだ」

「まさか……」

「ああ。俺は、どうしても兄上たちに実の子を持ってほしい」

まっすぐにルシールを見つめる緑の瞳にはなんの迷いもなかった。

テオドールはずっと国王夫妻が子どもを授かる方法がないか模索していたらしい。だが、医療の進歩が乏しいこの国では眉唾ものの迷信や薬草などというあやふやな手段しか見つからなかった。

だがあるとき、隣国では医学知識に基づいて医師が指導や投薬を行い、長く子どもに恵まれなかった夫婦にも子宝が授かったという事案があることを知ったのだという。テオドールはなんとかその道に優れた医師をこの国に招きたいと考えたらしい。

「最初は秘密裏にその医者だけをこの国に招こうと考えたんだ。だが、調べていくうちにそれではだめだと気がついたんだ」

医師を招いたことが表沙汰になれば、反発が生まれるのは間違いない。この国の医療を否定することになるのだから。それに国王たちが秘密裏に治療を受け入れてくれるのかもわからない。そんなあやふやな状況で医師を呼び寄せ、何ごとかが起これば、みんなが傷つく可能性があった。

「ならばこの国の医療ごと変えてしまおうと思った。実際、俺や君の母のように隣国に医師を求めて行くものは少なくない。みんなのためにも、俺がそれを叶えたいと思ったんだ」

「テオ様……」

きっかけは小さな願いだったのに、結局は国全体を救うような手段を選んだテオドールの優しさに胸がいっぱいになる。

本人は頑なに認めたがらないが、テオドールは間違いなく王の器を持つ人なのだろう。

何かが少しでも違えば、本当に国を継いでいたに違いない。

「この国に新たに作る新たな医療を学ぶ学校の講師として、ある医師を招くことがきまった。彼は、これまでにも何人もの夫婦に子どもを授けてきた存在でね。兄たちも治療を受けてみたいと言ってくれている。自分たちと同じように苦しむ夫婦の希望になれるかも、とね」

「そうなんですね……あ、でも辺境伯様から養子を取る話はどうなったんですか」

はっと気がついたルシールが声を上げる。

子どもができなければという話だと言っていたが、すでに辺境伯の末息子は何度も王城を訪れ、国王夫妻にかわいがられているはずだ。急に話がたち消えれば、いらぬ遺恨を生むのではないだろうか。

「その点は気にしなくていい。もともと養子の話はオリオル伯爵たちの目をそらすための陽動でもあったんだ。彼らは、兄に公妾を押しつけようと必死だった。兄は、義姉上以外の女性には興味がないのにね。俺と同じで」

悪戯っぽく片目をつむって見せるテオドールに、ルシールは頬を赤らめる。

「辺境伯殿は兄たちの慰めになればと協力してくれていた。本当に子どもができなければ養子の話も現実になるかもしれないけれど、どちらにしてもずっと先の話だ」

「そうだったんですね」

「俺は兄上たちの跡継ぎ問題に結論が出るまで、君に告白をするつもりはなかった。きっと、君を困らせるから」

「困らせる、って……」

「今でも少し迷ってる。兄たちに子どもができる確証はまだないし、辺境伯が息子を素直に手放してくれるかもわからない。まかり間違えば、俺が王座に祭り上げられてしまう日が来るかもしれない。君が王妃になるのを望んでないことぐらいわかってる。それでも、俺は君が欲しかった」

切なる告白に胸を詰まらせながら、ルシールは唇を震わせる。ここまで想ってもらっていたという事実に涙がにじむ。緑色の瞳がルシールをまっすぐに見つめていた。

「ルシール。あの日、俺はどうにかして君を手に入れたくて契約を持ち出した。そのことを後悔はしていないが、反省している」

「テオ様……」

「嘘と立て前で塗り固めた言い訳で君を言いくるめてしまった。本当のことを打ち明けて、愛を乞う勇気がなかった自分が情けないよ。すまない」

「……いいえ。そうさせたのは私です。身勝手な計画を立てて、結婚を諦めていた私を、テオ様は救ってくれたんです」

きっとあの日、テオドールから愛を告白されてもルシールは頷けなかっただろう。

契約という名目があったからこそ、手を取れた。

自分で作った理由に縛られて、自由になれなかったルシールに新しい生き方を与えてくれたテオドールに感謝こそすれ、謝ってほしいなんて考えたこともなかった。

「ありがとうございます。あの日、私に契約を持ちかけてくれて。テオ様の愛が私を変えてくれたんです」

「ルシール……！」

感極まった声を上げて立ち上がったテオドールが、ルシールへと近づき地面に片膝をつくと両手を握り絞めてきた。

結婚を申し込まれたあの日に重なる光景に胸が高鳴る。

「君を心から愛してる。この先もずっと愛し抜くと誓う」

「嬉しい……」

油断すれば泣きそうになる目元に力を込めながら微笑めば、同じように泣くのをこらえたようにテオドールが微笑んだ。

「なら、あの契約は破棄でいいね？　君との結婚を本物にさせてほしい。もちろん、最初に約束したとおりバリエ家への支援はこのまま継続するつもりだ。愛しい君の家族をこれからも支えさせてほしい」

「ふふ。じゃあお言葉に甘えて。でも、金銭面ではもう大丈夫ですよ」

ルシールが始めた事業はかなり軌道に乗ってきていた。ギャラハンたちの努力で完成した硝子瓶はすでに完成しており、試作として知り合いに渡したところかなりの高評価を得ている。売り出せば、かならず軌道に乗るだろう。

何より両親が心を入れ替えてくれたのが大きい。

懸命に学び変わろうとしてくれているとジスランから届く手紙にも書いてあった。まだ少し時間はかかるかもしれないが、きっとよい領主になってくれるはずだ。

「テオ様はこれまで通り見守ってくださっていれば十分です。私、守られるだけの女になるつもりはありませんから」

深く息を吐いたテオドールが、大きな手でルシールの手を撫でさする。

「君を得られた奇跡に恥じぬように、これからも生きていくと誓うよ」

「私も、何があってもあなたと離れぬと誓います」

包むようにその手を握り返しながら、ルシールは深く頷く。

潤む瞳で見つめ合いながら、どちらともなく顔を近づけ口づけ合う。

契約ではない。本当に心を通わせ合った誓いのキスは甘く、世界中が祝福してくれているように感じられた。

終章

今年も深い冬がやってきた。

窓の外は降り積もる雪で真っ白だ。室内の暖かさからは想像もできない寒さが窓硝子の向こうには広がっているのだろう。

窓際のソファに腰掛け、うっすらと曇った硝子に浮いた水滴を見つめていたルシールは詰めていた息を吐き出す。

「はぁ……」

我ながら辛気くさいと憂鬱になりながらも、心が晴れない。

自分が悩んでいても無意味だとわかっているのに落ち着かず、先ほどから刺繍がまったく進んでいなかった。

テオドールが春至祭で身につけると意気込んでいるシャツなのに、このままではほとんど進まずに冬が過ぎ去っていきそうなほどのろのろとした針具合だ。

そんな気持ちをかき消すように大きな足音が廊下に響いた。

まっすぐにこの部屋に向かってくるそれに、ルシールは椅子から勢いよく立ち上がる。

それとほぼ同時に部屋の扉が勢いよく開かれた。

壁にぶつかりそうになった扉を、室内に控えていたメイドたちが慌てて受け止めているのが目に入ったが、それどころではない。

肩で息をしながら駆け込んでくるテオドールに駆け寄れば、両手を広げた彼に熱烈に抱きしめられた。

「無事に生まれた！　兄上たちの子どもだ！」

「ああ！」

歓喜の叫びを上げるテオドールを、ルシールもひしと抱きしめ返す。

今年の初めに王妃の懐妊が判明してからというもの、国王をはじめとしたみんながずっと待ち望んでいた命。

産気づいたという知らせを受け、テオドールはずっと王城に詰めていたのだ。

はじめての出産は危険を伴うこともあり、皆が必死に王妃と生まれてくる子どもの無事を願っていた。

屋敷で待つことしかできないルシールも、ずっと祈りを捧げていたのだった。

「男の子と女の子の双子だ……姉上も、無事だよ」

「よかった……よかったですね」

「ああ」

今にも泣きそうなテオドールの顔は、子どものようだ。

テオドールにとって国王夫妻は親も同然の大切な存在だ。

王妃が無事だったことも、子どもが無事だったことも、国王が無事に親になったことも、全てが嬉しいのだろう。

ルシールもようやく得られた皆にとっての幸福の知らせに、頬をほころばせる。

「お城は大騒ぎでしょうね」

「ああ。兄上など、今日を記念日にすると意気込んでいた」

「ふふ……帰ってきてよかったんですか？」

テオドールは今や国を支える高官の一人だ。世継ぎの誕生という国の一大事の真っ最中だというのに、帰ってきて大丈夫だったのだろうか。

「当たり前だよ。君だってずっと身重の姉上を支えてくれたじゃないか。真っ先に知らせてほしいと言われたんだ」

「王妃様……」

「それに、これでようやく心置きなく君を孕ませることができるからね。仕事などしていられないよ」

「は⁉　きゃあ！」

抱きしめられたまま持ち上げられ、ルシールは間抜けな悲鳴を上げた。

胸に顔を埋めながら熱っぽい息を吐き出すテオドールの瞳には、はっきりとした情欲の色が宿っている。

「ま、まだ昼間ですよ⁉」

「関係ないね。結婚してからずっと我慢してたんだ。今度は我が家の番だよ」

「ちょ……待ってください……！」

懇願は無視され、軽々と夫婦の寝室へと運ばれる。

流れるような動きで扉を開けてくれるメイドたちの気遣いに、顔から火が出そうだった。

雪が降っているとはいえ、昼間の寝室は明るく、今から情事に耽《ふけ》るには明らかにふさわしくない。

だが、テオドールは一切気にしていないらしい。

「ルシール……んっ」

「んんっう」

愛しげに何度も口づけられると、身体から力が抜けてしまう。

壊れものを扱うように優しく寝台におろされ、そのまま覆い被される。

「欲しい……ルシール、俺の子を孕んでくれ」

「あっ」

ドレスをまとったままの腹部を撫でられ、ルシールは身体を震わせた。

二人は想いを通じ合わせ本当の夫婦になったが、国王に子どもができるまでは、と子作りは解禁していなかったのだ。

少しでも憂いや諍いの可能性は無くしておきたいというテオドールの気持ちは痛いほどにわかったし、ルシールもまた同じ気持ちだった。

余裕なく呼吸を乱したテオドールが荒々しく上着とシャツを脱ぎ捨てる。ルシールもそれを手伝いながら、自分からイヤリングを外してサイドチェストに投げ置いた。

破かないようにするのが精いっぱいなほど切羽詰まった動きでお互いの服を脱がせ合い、一糸まとわぬ姿になってシーツの上に転がる。

テオドールの熱い舌と唇が肌を貪り、大きな手のひらが隙間なく肌を撫でる感覚に、ルシールは甘い悲鳴を上げた。

性急な動きで足の間に入り込んできた指が、期待で濡れそぼった秘所をまさぐり、テオドールの形に変わった隘路を確かめるように胎へと入り込んでくる。長い指を根元までくわえ込まされ、抜き差しされると、耳を塞ぎたくなるほどの水音が響いた。

はしたないと羞恥に身もだえれば、テオドールの吐息に歓喜が混じる。

「ああ……ルシールも俺が欲しかった?」

こくこくと頷けば、膝を摑んだ手が足を割り開く。

とろりと滴る蜜の感触に、顔を覆えば、テオドールが喉を鳴らす音が聞こえた。一呼吸の間を置かず、信じられないほどに熱を帯びた剛直が隘路に入り込んでくる。一呼吸の間に根元まで入り込んだそれが、胎内で激しく脈打っているのが伝わってくる。

それだけだというのに、全身が歓喜にわななき甘やかな刺激に身体がしなった。

「や、あぁ……」

「……ふ。入れただけなのに、すごい締め付け。食べられているみたいだ」

「君の中は、あたたかくて……本当にたまらない」

「ひぃぅ……だめ、奥、そんなぁ」

怖いほどの快感にルシールは身を震わせる。

膝裏を掴んだ大きな手が、身体を二つに折るように足を押し広げてきた。

そのまま、真上から突き込むようにはじまった抽挿に合わせて憐れっぽい声しか出せなくなっていく。

子どもを孕む器官が震え、もっともっとねだるように蜜路が収縮し、テオドールの雄槍を吸い上げる。

お互い余裕なく、あっというまに高まる身体は汗みずくだ。窓から射し込む日差しに照らされたテオドールの身体は、まるで宝石のように輝いている。

深く挿入したまま腰を使って中をかきまわされると、全身から力が抜けそうなほどに気持ちいい。

　ギリギリまで抜かれ、ずんと奥まで入れられるのを繰り返され、あっというまに身体が高みと追い立てられる。

　テオドールも同じらしく、隘路を埋める剛直が太さを増しながら震えている。

「や、おっきくしちゃ、だめぇ」

「っ……ああ、もう……一度、出す、ぞ……」

「くださ、ください……中に」

　あなたの子どもがほしい、とお腹をさすりながら訴えれば、テオドールが獣のような声を上げて腰を打ち付けてくる。

「……ぐっぅ……」

「ひああっ……！」

　一番奥に吐き出された熱い飛沫《しぶき》に、ルシールは背中を浮かせた。

　お腹の奥に、火傷しそうなほどの熱を吐き出されたのがはっきりと伝わってきた。満たされる喜びに涙が溢れて止まらない。

　最後の一滴まで注ぎ込むように腰を揺らしながら、全身で呼吸をするテオドールの頬にルシールは手を伸ばした。

　涙と汗に濡れた頬を労るように撫でれば、中に収まったままの雄槍が再びむくりとみなぎっていく。

「まだだ……」

「あうっ」

ずん、と奥を穿たれ、ルシールは小さくあえぐ。

両脇に差し込まれた腕が力の抜けきった身体を抱え上げて、膝の上に抱きかかえるような体勢を取らされた。

自重で更に奥へと入り込んできた剛直の先端が弱点を的確に抉り、両の手足がふるふると震える。ともすれば倒れてしまいそうな身体を支えるために、テオドールの首に腕を回してしがみつく。

「そんなに甘えなくても、抜きはしないよ」

「ちが、ああ……」

尻を摑んだ手が、ルシールの身体を玩具のように揺さぶった。軽く持ち上げられ落とされる。その度にあらぬ場所が刺激され、世界に星が飛んだ。

繫がった場所から滴る蜜が混ざり合う音が淫らに響く。

「あんっ……ああん、あああっ……」

「好きだ……好きだよルシール……俺の子を産んでくれ……」

くるおしいほどの愛の言葉にお腹の中が歓喜に震え、子種が欲しいと訴えてくる。

「ほし、ほしぃぉの、テオさまの赤ちゃん、くださぃ……」

もし本当に子どもができたなら、全身全霊をかけて愛し育てよう。

憂う暇も、寂しがる時間も与えない。あなたは愛され、望まれて生まれてきたのだと伝え、たくさんの幸せを教えてあげよう。

それ以上に、テオドールに家族を作ってあげたかった。この臆病で不器用な人に、子どもを抱かせてあげたい。その血統をこの腹で産み落としてあげたいという本能がルシールを否応なく高めていく。

感情の高ぶりを如実に反映した隘路が、愛しい男の雄を愛撫する。

その刺激にテオドールがうわずった声を上げ、身体を震わせた。

「ああ、ルシール……くっ、もう……」

「んんぅう……」

再びの吐精は二度目とは思えないほどに長く、濃いものだった。

子宮がテオドールの子種で満たされていく錯覚に襲われながら、ルシールはその背中にきつくしがみついた。だめだとはわかっていても、爪を立てることを止めらない。

太い腰に足を絡め、少しでも隙間を無くそうと身体を寄せる。

汗ではりつくお互いの肌と熱が心地よくて、そのまま眠りに落ちていきそうだった。

「んんっ！」

だが、テオドールはどうやらそうではないらしい。

唇を塞がれ、舌を絡めながら激しく口づけられる。

唾液ごと呼吸を貪られ、鼻にかかった甘ったるい声が漏れた。

腰を抱えた腕が、再びルシールの身体を揺らしはじめる。

胎内の剛直は一切衰える気配がない。

むしろ、先ほどより長く太くなっている気さえする。

「も、だめぇ……むり」

「嫌だ……ずっと、ずっとこうしたかったんだから」

だだをこねる子どものような口調でねだられ、ルシールは形ばかりに首を横に振った。

しかし蜜路は素直に、テオドールの雄槍を締め付ける。

ルシールとて、気持ちは一緒だった。

もっと欲しい。何の憂いもなく、テオドールの子種を受け止めたい。

律動に合わせ、先ほど注がれた白濁が結合部分から溢れてお互いの身体を濡らした。

「ルシール、好きだ、愛してるよ……」

「わた、私もぉ……」

重すぎる愛に包まれながら、ルシールはそのまま翌日の朝が来るまで貪られたのだった。

翌年の夏。

ルシールは無事に女の子を産み落とした。

そしてその翌年には、王妃とひと月違いで共に男の子を産んだ。

子宝に恵まれた両家は大きな家族として支え合い、オラリオ大国の盤石な礎を築いていくことになる。

テオドールが進めた医療改革は、国内に大きな発展をもたらした。

病で死ぬものが減り、国力が強まったことで活気が溢れ、それから長き繁栄の歴史を刻むことになった。

その後の歴史書には、賢王マルセルと王妃オレリアの素晴らしい政治と並んで、宰相となった王弟テオドールとそれを支えた妻ルシールの名前が記されている。

仲睦まじい夫婦の記憶は国民たちに長く語り継がれ、ルシールが作った新たな特産品である果実の蜜煮を詰めた美しい小瓶は、夫婦円満のお守りとしてオラリオ王国の名産となったのだった。

あとがき

こんにちは。または、はじめまして。マチバリと申します。

数ある作品の中から、拙作をお手にとっていただきありがとうございます。

この度、はじめてヴァニラ文庫様で書かせていただきました。まさかまさかで大変緊張しましたが、こうやって形になってほっとしております。

重くなりすぎない一途な溺愛を目指したつもりなのですが、いかがだったでしょうか。一途なヒーローが少し鈍感なヒロインを囲いこむお話、大好きなんですよね。そしてヒーローにはとにかく重い業を背負っていて欲しい。そんな私の好きがぎゅっと詰め込まれたお話になっております。書いていてとても楽しかったです。

今作のヒロイン、ルシールは私の中では珍しい赤毛の女の子になっております。家族のために自分を犠牲にして頑張れる女の子、というイメージでヒロイン像を考えているときに思い浮かんだ色でした。人を大切にすることにためらいのない女の子であるルシールはこれからもテオドールを優しく包み込んでいくのだろうなと思います。

ヒーローであるテオドールは、過去のせいで自分を偽って生きている不憫な男です。好きな女の子に素直に好きと言えないヒーローはなんてかわいいのでしょうか。その理由にわずかな後悔が滲んでいると更によし。顔も頭脳も権力も持ち合わせているのに、恋だけはままならない。そんなヒーローを書くために小説を書いているような気がします。

作中で出てくる果実にはモデルがあります。地元の特産品でかなりポピュラーな果実だと思っていたのですが、他地域ではそこまで有名ではないと知ったときには驚きました。買うというよりも庭がある家には必ずある樹という感覚ですね。もちろん、我が家の庭にも植わっていて、毎年沢山の実を付けてくれます。

イラストを担当してくださったCｉｅｌ先生に心からの感謝を。担当していただけるとお知らせをいただいたときは、嬉しさのあまりちょっと踊ってしまいました。鮮やかな赤をまとったルシールと、うっとりするほどの色気をまとったテオドールが素敵すぎて最高です。

お声かけしてくださった担当様にも大変お世話になりました。とても細やかな指摘をしていただき、勉強になりました。

最期までお読みいただきありがとうございました。またどこかでご縁がありますように。

マチバリ

原稿大募集

ヴァニラ文庫では乙女のための官能ロマンス小説を募集しております。
優秀な作品は当社より文庫として刊行いたします。
また、将来性のある方には編集者が担当につき、個別に指導いたします。

◆募集作品

男女の性描写のあるオリジナルロマンス小説（二次創作は不可）。
商業未発表であれば、同人誌・Web 上で発表済みの作品でも応募可能です。

◆応募資格

年齢性別プロアマ問いません。

◆応募要項

・パソコンもしくはワープロ機器を使用した原稿に限ります。
・原稿は A4 判の用紙を横にして、縦書きで 40 字 ×34 行で 110 枚 ~130 枚。
・用紙の 1 枚目に以下の項目を記入してください。
①作品名（ふりがな）/②作家名（ふりがな）/③本名（ふりがな）/
④年齢職業 /⑤連絡先（郵便番号・住所・電話番号）/⑥メールアドレス /
⑦略歴（他紙応募歴等）/⑧サイト URL（なければ省略）
・用紙の 2 枚目に 800 字程度のあらすじを付けてください。
・プリントアウトした作品原稿には必ず通し番号を入れ、右上をクリップなどで綴じてください。

注意事項
・お送りいただいた原稿は返却いたしません。あらかじめご了承ください。
・応募方法は必ず印刷されたものをお送りください。CD-R などのデータのみの応募はお断りいたします。
・採用された方のみ担当者よりご連絡いたします。選考経過・審査結果についてのお問い合わせには応じられませんのでご了承ください。

◆応募先

〒100-0004　東京都千代田区大手町 1-5-1　大手町ファーストスクエアイーストタワー
株式会社ハーパーコリンズ・ジャパン　「ヴァニラ文庫作品募集」係

殿下とは契約結婚のはずですがっ!

〜婚約破棄は熱愛の始まり〜

Vanilla文庫

2023年8月5日　第1刷発行　定価はカバーに表示してあります

著　者　マチバリ　©MATIBARI 2023
装　画　Ciel
発行人　鈴木幸辰
発行所　株式会社ハーパーコリンズ・ジャパン
東京都千代田区大手町1-5-1
電話　03-6269-2883（営業）
0570-008091（読者サービス係）
印刷・製本　中央精版印刷株式会社

Printed in Japan ©K.K. HarperCollins Japan 2023 ISBN978-4-596-52322-8